Fedor Mamroth

Geoffrey Chaucer

Seine Zeit und seine Abhängigkeit von Boccaccio

Fedor Mamroth

Geoffrey Chaucer
Seine Zeit und seine Abhängigkeit von Boccaccio

ISBN/EAN: 9783743359833

Hergestellt in Europa, USA, Kanada, Australien, Japan

Cover: Foto ©Raphael Reischuk / pixelio.de

Manufactured and distributed by brebook publishing software
(www.brebook.com)

Fedor Mamroth

Geoffrey Chaucer

Geoffrey Chaucer

seine Zeit und seine Abhängigkeit von Boccaccio.

~~~~~~~~

Eine von der philosophischen Facultät der Universität Rostock

genehmigte

PROMOTIONSSCHRIFT

von

D̲r̲ Fedor Mamroth.

MEINER MUTTER

Der hehre Weltenrichter, der «unter den Menschen seinen verborgenen Weg geht mit stillem Wandeln, doch endlich, wenn er dem Ziel sich naht, mit dem Donnerklang der Entscheidung» ist kein Freund friedlichen Fortschrittes; er scheint vielmehr, der radikalen Empirie des Hippokrates huldigend, Feuer und Schwert für die allein wirksamen Medikamente des Menschengeschlechts zu halten, scheint zur Hervorbringung einer grossen, die Menschheit mächtig fördernden Idee und des diese Idee predigenden Apostels immer erst eines mit Blut und Thränen gedüngten Bodens zu bedürfen.

Die Befreiung der Juden vom Sklavenjoch bringt namenlosen Jammer über die Aegypter; auf den Sturz der griechischen Weltherrschaft folgt die Grösse Roms; der Untergang des morgenländischen Kaiserthums streut den Samen der Gelehrsamkeit über die Völker der Erde; die Entdeckung des Seeweges nach Ostindien eröffnet dem Menschen neue, ungeahnte Bahnen; aber sie tödtet schonungslos das Leben der grossen italischen Handelsliga; der reformatorische Mahnruf des grossen Augustiner-Mönches beschwört eine endlose Kette von Gräuel- und Gewaltthaten herauf, und die französische Revolution

1

scheint einzig und allein entstanden zu sein[1]), um aus
ihren chaotischen Trümmern phönixgleich einen Napoleon
hervorgehen zu lassen, der in blutigem Läuterungsprozess
die Schlacken des Mittelalters, den finstern, erdrückenden
Bann des Feudalismus und der Priester-Despotie von uns
zu nehmen bestimmt war und dem wir, wenn wir die
Consequenz der Thatsachen recht vorurtheilsfrei be-
trachten, vornehmlich die endliche Einigung des deutschen
Volkes zu verdanken haben. Alle Noth, alles Elend,
welches ein Volk trifft, kommt unfehlbar früher oder
später glücklicheren Epigonen zu Gute; sie dürfen das
gelobte Land betreten, das uns selbst in Schmerzen nur
von ferne zu sehen vergönnt war:

»So bringt dem Nachgeschlechte unser Leid
Die Frühlingsgrüsse einer bessern Zeit!« — —

Wenn wir die Entstehungsgeschichte unserer modernen
Bildung ab ovo verfolgen und uns über die Ereignisse,
welche zu deren Förderung in irgend welcher Hinsicht
beigetragen haben, klar zu werden suchen, so gelangen
wir auch zu der grossen — Pest, welche in der Mitte
des vierzehnten Jahrhunderts Europa verheerte, die von
den Chronisten[2]) der damaligen Zeit mit seltener Ueber-
einstimmung das grosse Sterben oder der schwarze Tod
genannt wird und ohne deren Auftreten ein Boccaccio
schwerlich sein «Decamerone» — dieses unerschöpfliche
Oelkrüglein der Literatur — ein Chaucer nicht seine
«Canterbury-Tales» geschrieben haben würde.

Sie begann im Jahre 1345, wälzte sich von einem

---

[1]) Ségur «Histoire de Napoléon et de la grande armée.»
Stuttg. 1845, tome II, S. 273.

[2]) In Schweden heisst sie «diger-Doeden,« in Dänemark
«sorte Dod,» in Island «Svarter Dandi,» in Italien «la Mortalega
grande.»

Ende Europens bis zum andern und wüthete im Ganzen ungefähr sieben Jahre lang. Eine andere Gestalt hatte sie im Orient, eine andere im Westen[1]). Keine Kunst, keine Vorsicht schützte gegen das Uebel[2]). Kein Heilmittel wirkte, weil die Gewalt der Krankheit entweder an sich oder wenigstens für die Aerzte der damaligen Zeit unbezwinglich war. Fast Alle, welche die Pest ergriff, starben binnen drei Tagen und Viele, welche am Morgen in blühender Gesundheit prangten, waren Abends Leichen.

Ausführlich und mit hinreissender Beredsamkeit, ähnlich wie Thukydides bei Beschreibung der atheniensischen Pest, schildert Boccaccio den entsetzlichen Einfluss, welchen diese Krankheit auf alle Verhältnisse ausübte.

Die vollkommene Wahrheit der Beschreibung, die Wahl solcher Nebenumstände, welche den tiefsten Eindruck machen können und welche, indem sie die entsetzlichsten Gegenstände vor Augen bringen, doch keinen Widerwillen erregen, die Rührung des Schriftstellers, die unaufhörlich durchscheint, ohne im Geringsten zur Schau getragen zu werden, stempeln diesen Abschnitt zu einem der schönsten historischen Gemälde, welche irgend ein Jahrhundert uns aufbewahrt hat[3]).

Das Mitleid und die Theilnahme schien, wie er erzählt[4]), gänzlich von der Erde verschwunden zu sein; ein Jeder sorgte nur für sich; ein Bruder verliess den andern, der Oheim den Neffen, das Weib den Mann und

---

[1]) «Il Decamerone,» S. 5. Lpz. 1865.
[2]) Ebd. — — et in quella non valendo alcuno senno nè umano provedimento. — —
[3]) Simonde Sismondi «die Literatur des südlichen Europas,» Band III, S. 325.
[4]) «Il Decamerone» I, S. 5.

— che maggior cosa é e quasi non credibile — Väter und Mütter liessen ihre Kinder hilflos im Stich. Allgemein betrachtete man die Krankheit als ein Strafgericht Gottes[1]).

Papst Clemens VI., welcher sich in seine Zimmer einschloss und allezeit ein grosses Feuer vor sich brennen hatte, lässt zur Beruhigung der Pestkranken ein für alle Mal den grossen Ablass ertheilen. Zu Bern war man darauf bedacht, die Gemüther zu erheitern und sie zu beschäftigen; die Mönche von Reichenau aber begaben sich unter dem Vorwande, ärztlicher Hilfe näher zu sein, nach Ulm und lebten daselbst herrlich und in Freuden[2]).

Die ehrwürdige Gewalt der Gesetze war vernichtet, weil die Diener und Vollstrecker derselben todt oder krank waren; keine Ordnung galt mehr, alle Gewerbe ruhten, die Saaten reiften ungemäht, die Hausthiere liefen herrenlos umher; ganze Städte verödeten; viele Erbschaften blieben unerhoben und in der See fand man Schiffe, deren Bemannung völlig ausgestorben war.

Die Zahl der von der Seuche Ergriffenen war eine ganz ungeheure[3]).

In Spanien raffte sie ausser einer unglaublichen Menge gewöhnlicher Menschen auch Alphons XI., König von Kastilien, hinweg. Auf der Insel Sicilien brachte sie

---

[1]) Ebd. «— — per le nostre inique opere da giusta
irà di Dio a nostra correzione mandata» — —
[2]) Johannes Müller «Geschichte der schweizerischen Eidgenossenschaft,» Thl. II, S. 200 ff.
[3]) Cohnsberg «Analecta ad pest hist.,» S. 10:
— — id tamen constat, numerum hominum
hac morte absumptorum tantum esse, quantus
nunquam antea in historia epidemiarum
narratur — — —

530,000 Menschen den Tod; in Venedig[1]) starben 100,000, in England[2]) neun Zehntel der ganzen Bevölkerung.

Ueber Boccaccio's Schicksale während dieser ausserordentlichen Noth fehlen uns bestimmte Nachrichten. Aus einer Stelle[3]) seines nur bis zum 17. Gesange gediehenen «Commento sopra la commedia di Dante» ergiebt sich, dass er beim Ausbruch der Pest nicht in Florenz war[4]).

Vielleicht auch hat er sich denen[5]) angeschlossen, die ihre Vaterstadt, ihre Wohnungen und ihr Vermögen verliessen und sich auf einen Landsitz flüchteten, vielleicht dort bei den Musen Trost und Erholung vor der Drangsal der Zeit gesucht, vielleicht hat er sein «Decamerone» dort selbst durchlebt. Immerhin jedoch wird die Krankheit wohl nicht ohne tiefen Eindruck auf sein Gemüth vor-

---

[1]) Kurt Sprengel «Versuch einer pragmatischen Geschichte der Arzneikunde,» Th. II, S. 483 u. ff.

[2]) Cohnsberg a. a. O. — in Anglia numero fortasse in falsum aucto novem decimae partes absumptae esse feruntur.

Nach Pauli (Geschichte v. England, Band 4, S. 417) wurden allein in London täglich 200 Leichen beerdigt. Erst im Sommer 1348 liess die Heftigkeit des «faulen Todes» nach, eine Bezeichnung, die noch lange nachher in England als Fluch gebraucht wurde. (Be de foule dethe of Engelond, vgl. Pauli, S. 418). Das französische «Peste» stammt vermuthlich auch aus jener Zeit.

[3]) Nach Witte (Leben des Boccaccio, S. 56) in Gesang VI, S. 105 der Moutier'schen Ausgabe.

[4]) Witte nimmt an, dass er, während die Pest noch in Florenz wüthete, mit Ludwig von Tarent, dem Gemahl der entthronten Königin Johanna von Neapel, dahin zurückgekehrt sei und dort die Eindrücke sammelte, die er, wenigstens zum Theil, als Augenzeuge schilderte. Vgl. «Il Decamerone,» S. 6: Maravigliosa cosa è ad udire quello che io debbo dire: il che se dagli occi di molti e da miei non fasse stato veduta etc.

[5]) «Il Decamerone» I, S. 8.

übergegangen sein, denn die Menschen in Tagen solcher
Angst zu sehen, ist ebenso schrecklich wie lehrreich. —

Alles in der Welt ist Zusammenhang, so dass wir,
um irgend etwas gründlich zu verstehen, eigentlich Alles
verstehen müssten[1]), und so kann man den Charakter
eines Dichters im Ganzen nie mit einiger Richtigkeit
treffen, bevor man nicht den Kreis der Kunstgeschichte
gefunden hat, zu dem er gehört, das grössere Ganze,
von dem er selbst nur ein Glied ist[2]). Daher sei uns,
bevor wir zu Chaucer selbst übergehen, ein Blick auf
den damaligen Zustand der Literatur, besonders der
italienischen gestattet. — Dante erscheint in der tiefen
Nacht der Rohheit und der Unbildung, welche Italien
wie den gesammten Occident überzogen hatte, als ein
hellleuchtendes Gestirn.

Wie Homer den Chor der hellenischen Dichter anführt,
so Dante den der romanischen; aber Dante und Homer
gehören zwei getrennten, völlig verschiedenen Welten an,

---

[1]) Ernest Naville «die Pflicht; zwei Reden an die Frauen»
1869, S. 2.

[2]) Es ist eine triviale, aber bedeutsame Wahrheit, dass jeder
Mensch ein Kind seiner Zeit ist. Der grosse Mann unterscheidet
sich nur dadurch, dass er über sein Zeitalter sich erhebt und es
auf die Höhe, die er erreicht, mit sich hinaufträgt. In Betreff
der Motive und Bedingungen seiner Entwickelung, Förderung und
Ausbildung und damit der Gestaltung seines geistigen Lebens
ist er von der Gunst der Umstände ebenso abhängig, wie jeder
seiner grossen und kleinen Bewunderer. Zu verstehen und zu
beurtheilen ist er daher wie jeder Andere, nur aus dem Geiste
und Charakter seiner Zeit.

Ulrici «Einleitung zu Shakespeare's Werken» 1867, I, 3.

und der Gegensatz dieser Welten enthüllt sich deutlich
in ihren Dichtungen.

Wie Homeros einst das freie, freundliche Leben der
früheren hellenischen Welt in seinen unsterblichen Gesängen verherrlichte, so stellt Dante den tiefen, ernst-
ascetischen Sinn der mit Christus beginnenden neuen Welt
in einer wundersamen Dichtung — la divina commedia —
dar. In e i n e m Mittelpunkt drängte sich die Kraft seines
erfindsamen Geistes zusammen; in e i n e m ungeheuren
und unvergänglichen[1]) Gedicht umfasste er mit starken
Armen seine Nation und sein Zeitalter, die Kirche und
das Kaiserthum, die Weisheit und die Offenbarung, die
Natur und das Reich Gottes. Himmel und Hölle sind
die Extreme dieser Dichtung, und da Freiheit und Unter-
drückung den Charakter seiner Zeit ausmachen, so schildert
Dante in seiner «Hölle» die Herrschaft des bösen Prinzips
sammt ihren Wirkungen und Folgen mit wahrhaft welt-
richterlicher Strenge und erschöpfte den furchtbaren Stoff
so ganz und vollkommen, dass dem erfreulichen Gemälde
des Himmels beinahe Abbruch geschah[2]).

Mit Dante beginnt die ästhetische Cultur der italieni-

---

[1]) «Ueber dem Abgrund der Vergessenheit und des Nichts,
der an irgend einem Punkt der endlosen Zeit alle Erinnerungen
und Denkmale menschlicher Grösse verschlingt, schweben am
längsten die Werke der Dichtung und die Göttliche Comödie
wird vielleicht noch gelesen werden, wenn Raphael's Gemälde
längst zerfallen sind und die Kuppel Michelangelo's zusammen-
gebrochen sein wird.

Karl Justi «Dante und die göttliche Comödie» 1862, S. 40.

[2]) «Am spärlichsten sind die reinpoetischen Schönheiten in
dem dritten Theil (Paradiso), wo Einem die Unmöglichkeit, den
dünnen metaphysischen Stoff plastisch zu gestalten, auf Schritt
und Tritt begegnet.»

Scherr «Gesch. d. Literatur» 1872, Lief. 4, S. 291.

schen Sprache[1]). Mächtig ergreift sein Gesang den Geist
seiner Nation. Er wird mit jener schwärmerischen Be-
geisterung aufgenommen, wie sie eben nur in Zeitaltern,
welche noch zu wenig verfeinert sind, um dem Neide der
Mitbewerber und der Tadelsucht der Kritiker Gehör zu
geben, Werken der Genies zu Theil wird[2]).

Fast jede Bibliothek Italiens enthält Abschriften[3]) der
«Divina Commedia» und ein Bericht über die Commen-
tatoren[4]) und Epitomatoren dieses Werkes würde einen
Band füllen. In Florenz errichtete man einen Lehrstuhl,
von welchem herab geistvolle Männer den hohen Sinn
der Göttlichen Komödie erklären sollten, und nicht ge-
ringe Ehre brachte es dem Andenken dieses Dichters,
dass der erste zu diesem Lehramt Berufene — Boccaccio
war, er, der in Gemeinschaft mit Petrarca — supérieur
à tous ceux qui ont chanté l'amour[5]) — die Gesellschaft
aus der intellektuellen Entwürdigung, zu der sie in finstern

---

[1]) Vincent Arnèse «Etat des sciences et des arts en Italie»
1870, S. 20.

[2]) Henry Hallam «Geschichtliche Darstellung des Zustandes
von Europa im Mittelalter» 1820, Th. II, S. 735.

[3]) Nur vier derselben sind nach Mazzuchelli (vgl. Scrittori
d'Italia, vol. II, S. 1370) auf uns gekommen und zwar die des
Manelli 1471, des Nic. Delfino 1516, des Lodovico Dolce 1541
und des Girolamo Ruscelli 1552; vgl. ebenso Hamburger «Zu-
verlässige Nachrichten von den vornehmsten Schriftstellern,»
Lemgo 1764, Theil IV, S. 600 u. ff.

[4]) «Im Jahre 1350 trug der Erzbischof und Herr von Mailand,
Johann Visconti, sechs gelehrten Männern: zwei Theologen, zwei
Philosophen und zwei Alterthumsforschern von Florenz auf, durch
ihre Arbeiten alles aufzuklären, was in der göttlichen Komödie
könnte dunkel geblieben sein.»
Simonde Sismondi a. a. O., Band I, S. 293.

[5]) Vincent Arnèse a. a. O., S. 20.

Jahrhunderten[1]) herabgesunken, zu erheben bestimmt war — durch die Wiederbelebung classischer Gelehrsamkeit — — — —. Die lateinische Sprache freilich, in der alle gerichtlichen Urkunden abgefasst waren und deren sich die Geistlichen in ihrem Briefwechsel und ihren Ceremonien bedienten, hatte nie aufgehört, bekannt zu sein, und obgleich in den schriftlichen Aufsätzen derer, die man «Gelehrte» nannte, viele Sprachfehler und Barbarismen vorkamen, so besassen dieselben im Lateinischen doch eine ziemlich bedeutende Geläufigkeit[2]). Doch war das Studium der alten römischen Autoren gänzlich erloschen. Zur Neu-Entdeckung derselben beigetragen zu haben, ist das unsterbliche Verdienst Boccaccio's und Petrarca's[3]).

---

[1]) «So gab es beispielsweise in dem ganzen Zeitraum vom sechsten bis zum zehnten Jahrhundert in ganz Europa nur drei oder vier Männer, die selbstständig zu denken wagten, und selbst sie waren genöthigt, ihre Meinung mit einer dunklen und geheimnissvollen Sprache zu verhüllen. Der übrige Theil der Gesellschaft war in dieser Zeit zu einer erniedrigenden Unwissenheit gesunken.»
   Buckle's «Gesch. d. Civil. in England,» Ausgabe von
          Ritter, Band I, S. 189.
 [2]) Hallam a. a. O., II., S. 748.
 [3]) Schon im Laufe des zwölften Jahrhunderts hatte sich eine Wendung zum Bessern bemerkbar gemacht. Sowohl die schönen, wie die abstrakten Wissenschaften des Alterthums wurden ein Gegenstand des Studiums und zeichneten sich mehrere Gelehrte jener Zeit in verschiedenen Theilen Europas mehr oder weniger durch Eleganz, wenn auch nicht durch vollkommene Reinheit des lateinischen Stils aus und durch ihre Bekanntschaft mit den grössten Schriftstellern des römischen Alterthums. Ich nenne nur Johann von Salisbury, den scharfsinnigen und gelehrten Verfasser des «Palicratius,» Wilhelm von Malmsbury, Giraldus Cambrensis, Roger Hoveden, Otto von Freysingen, Saxo Grammaticus und vor Allen Falcandus, den Historiographen Siciliens.

Die Seltenheit der Manuscripte legte denen, die es unternahmen, die Schätze der alten Literatur wieder zugänglich zu machen, unglaubliche Hindernisse in den Weg. So gross war ausserdem die Unwissenheit der Mönche, die diese Handschriften in ihren Mauern verborgen hielten, dass man sich nur durch die unermüdlichsten Forschungen vergewissern konnte, was eigentlich aus dem grossen Schiffbruche des Alterthums gerettet war. Dieser Untersuchung widmete Petrarca sowohl wie Boccaccio unablässig die grösste Aufmerksamkeit. Sie sparten keine Mühe, die Ueberbleibsel von Schriften[1]), die in Gefahr standen, durch den Zahn der Zeit oder durch Vernachlässigung vernichtet zu werden, vom Untergange zu retten[2]).

Livius, Cicero, Plinius u. A. m. werden in den Werken dieser Männer häufig citirt. Im 13. Jahrhundert scheint die classische Literatur, vermuthlich (vgl. Hallam a. a. O., II, S. 749) von der damals in grösster Blüthe stehenden scholastischen Philosophie verdrängt, wieder etwas in Vergessenheit gerathen zu sein, bis sich nun endlich um die Mitte des 14. Jahrhunderts der lebhafte Eifer für die alte Literatur neu zu entfalten begann.

[1]) «Petrarca legte auch eine Sammlung römischer Münzen zum Behuf der Geschichte und Chronologie an.» Ruth «Geschichte d. italien. Poesie» 1844, Band I, S. 561.

[2]) Diese Gefahr war im 14. Jahrhundert keineswegs vorübergegangen. Eine Abhandlung Ciceros über den Ruhm, die Petrarca besessen hatte, ging unwiederbringlich verloren. Er hatte das Buch einem armen Gelehrten — nach Bouginé (vgl. dessen Handbuch der allgem. Literaturgeschichte nach Heumann's Grundriss, 1789, Th. I., S. 538) seinem alten Lehrer Convenale zu Avignon — geliehen, der es bei einem Pfandleiher versetzt hatte, von welchem es nicht wieder zu erlangen war. Auch versichert Petrarca, in seiner Jugend Varro's Werke gesehen zu haben, doch alle seine Bemühungen, dieser sowohl, wie der zweiten Decade des Livius habhaft zu werden, waren erfolglos. Vgl. Tiraboschi, «Storia della letterat. italiana,» Th. V, S. 89.

Auch Niccolo Niccoli und Coluccio Salutato[1]), der flo-
rentinische Kanzler, sowie die Gebrüder Villani[2]) zeichneten sich in dieser ehrenvollen Beschäftigung aus. Doch
war der Fleiss dieser Männer nicht allein auf Forschungen
nach Manuscripten beschränkt. Abgeschrieben durch
nachlässige Mönche und andere unwissende Menschen,
die dieses Geschäft als Gewerbe betrieben[3]), erforderten

Von Interesse ist nachstehende charakteristische Begebenheit,
welche Giann. Manetti (vgl. Baldelli «vita del Boccaccio,» S. 127)
von Boccaccio erzählt:

Während seines Aufenthaltes zu Neapel besuchte Boccaccio
das Kloster zu Monte Casino, wo er — die Benediktiner machten
aus dem Abschreiben der Bücher eine Hauptbeschäftigung — reiche
Ausbeute zu finden hoffte. Er fragte nach der Bibliothek und
man zeigte ihm zu seinem Erstaunen einen Kornspeicher, zu dem
er mittelst einer Leiter hinaufklettern musste. Nicht die geringste Sorgfalt war daselbst zu bemerken. Das Gras wuchs
auf den Fenstern, die Bücher waren von Staub und Schimmel
bedeckt und manche schrecklich zugerichtet. Sein Erstaunen
verwandelte sich aber in den grössten Schmerz, als ihm einer
der Mönche erzählte, dass er, so oft er etwas Geld verdienen
wollte, einen dieser Bände abschabe und Psalter für die Kinder
oder Ablassbriefe für die Weiber darauf schreibe!

[1]) Er muss auch als Dichter Hervorragendes geleistet haben;
denn er war in jenem Jahrhundert neben Zanobi di Strada,
welchen Kaiser Karl IV. im Jahre 1355 selbst zu Pisa mit grosser
Pracht krönte, der einzige, der mit Petrarca die Ehre der Dichter-
krone theilte. Merkwürdig ist sein tragisches Schicksal; er starb
nämlich wenige Stunden vor dieser Feierlichkeit im Alter von
76 Jahren.

vgl. Simonde Sismondi II, S. 335 u. ff.

[2]) «Giovanni der Aeltere, Matteo, sein Bruder, (Beide starben
an der Pest) und Filipp, des Matteo's Sohn, sind in meinen
Augen Petrarca's grösste Zeitgenossen.»

Simonde Sismondi a. a. O. S. 335.

[3]) Im 13. Jahrhundert beschäftigten die Universitäten viele
Abschreiber. Zu Mailand sollen ihrer um jene Zeit fünfzig ge-

die Handschriften unaufhörliche Berichtigungen durch aufmerksame Kritiker, und so verdankt man diesen Männern die ersten verständlichen Texte der alten lateinischen Classiker, wenngleich noch Vieles dem Scharfsinn späterer Zeiten vorbehalten blieb.

Um die griechische Sprache und Literatur war es ungleich schlimmer bestellt. Sie war seit dem Umsturz des westlichen Kaiserreiches oder wenigstens seit der Zeit, als Rom aufhörte dem Eparchen zu Ravenna zu gehorchen, im Bereich der lateinischen Kirche fast gänzlich erloschen. Nur aus der früheren Periode des Mittelalters, als die morgenländischen Kaiser noch die Herrschaft über einen Theil Italiens inne hatten, als Johannes Damascenus, Photius, Michael Psellus durch ausgebreitete Gelehrsamkeit und den Reichthum ihrer Kenntnisse die griechische Kirche mit erhöhtem Glanze erfüllten, lassen sich einige wenige Ausnahmen hiervon auffinden.

So preist Beda Venerabilis den Primas von Canterbury, Theodor — derselbe war allerdings ein geborener Grieche — sowie den Archiepiscopus von Rochester, Tobias, wegen ihrer Kenntnisse in der griechischen Sprache [1].

Hin und wieder findet man, wenn auch sehr spärlich, in den Schriften einiger Gelehrten jener Zeit: in denen des Hrabanus Maurus [2], des Paschasius Ratbert [3], des

---

wesen sein (vgl. Tiraboschi a. a. O. vol. IV, S. 72). In der Abtei St. Albans wurden um das Jahr 1300 unter einem einzigen Abte 58 Bücher abgeschrieben.

vgl. Warton «history of the engl. poetry» Th. I, dissert. II, S. 8.

[1] vgl. Historiae ecclesiasticae gentis Anglorum libri quinque Cap. 9 u. 24.

[2] 776—856 Erzbischof von Mainz «de Universo libri XXII» und «Glossaria latina-theotisca.»

[3] Gestorben um d. Jahr 865, Abt zu Corvey «de corpore et sanguine Domini.»

Ratramus [1]) und späterhin auch des Lanfrancus [2]) griechische Schriftzeichen.

Roger Bacon [3]) scheint ebenfalls griechisch verstanden zu haben und sein gleich grosser Zeitgenosse, Robertus Grosthead [4]) (auch Grouthead oder Grosstest) war hinreichend mit dieser Sprache vertraut, um Anmerkungen zum Aristoteles schreiben zu können.

In Italien war die Unwissenheit am allergrössten. Zwar wurde in einigen Gegenden Calabriens immer noch die griechische Liturgie gebraucht [5]) und konnte mithin eine gewisse Bekanntschaft mit dieser Sprache voraus-

---

[1]) Gestorben um d. J. 868, Mönch ebd. «liber de corpore et sanguine Domini.»

[2]) 1005—1089, Erzbischof v. Canterbury «liber de corpore et sanguine Domini» (eine Streitschrift gegen Bischof Humbert von Selva Candida).

[3]) vgl. Baumgarten: «Sammlung merkwürd. Lebensbeschreibungen,» Th. IV, S. 616.

Er selbst beklagt sich bei einer gewissen Gelegenheit (opus majus S. 45) über die Unwissenheit der Aristoteles-Uebersetzer. Jeder Uebersetzer, bemerkt er, sollte die Materie, die sein Autor abhandelt, nebst den beiden Sprachen, woraus und worin er übersetzt, verstehen. Letzteres ist aber bis jetzt bei den Uebersetzern des Aristoteles, den Boëthius ausgenommen, nie hinreichend der Fall gewesen; auch besass keiner von ihnen, ausser dem berühmten Bischof v. Lincoln, Robert Grosthead, hinlängliche wissenschaftliche Vorbildung; sie begingen deshalb nach beiden Richtungen hin auffallende Irrthümer. Es finden sich daher in ihren Uebersetzungen der Werke des Aristoteles so viele Fehler und Dunkelheiten, dass Niemand sie versteht.

vgl. Hallam a. a. O. II, 711.

[4]) Gestorben 1253, Bischof von Lincoln «Commentarius in libros posteriorum Aristotelis;» erst 1690 zu London durch Edward Brown edirt.

[5]) Calabrien blieb dem morgenländischen Kaiserreiche bis kurz vor dem Jahre 1100 unterworfen.

gesetzt werden; allein um das Jahr 1300 kannten die italienischen Gelehrten nicht einmal die griechischen Buchstaben[1]). Auch finden wir vom sechsten bis dreizehnten Jahrhundert auch nicht eine Zeile aus einem griechischen Dichter citirt[2]).

Da zog im Jahre 1341 Barlaam, ein Mönch vom Orden des heiligen Basilius, nach Italien. Aus Catalonien gebürtig, war er in der Jugend, um aus den griechischen Quellen schöpfen zu können, nach Aetolien und Salonica gegangen[3]) und suchte seine hier erworbenen Schätze im Jahre 1327 in Constantinopel nutzbar zu machen, wo er in Johann Cantacuzenus, dem Liebling des Kaisers Andronikus des Jüngern, einen freundlichen Gönner fand. Doch sah er sich in Folge von Zänkereien mit den Mönchen vom Athos zu fliehen genöthigt; er ging nach seiner Heimath zurück und wurde zu Avignon[4]) Lehrer des Petrarca, mit welchem er Plato's Werke[5]) las.

Ebenso findet Boccaccio zu Pisa bei Leontius Pilatus aus Thessalonice griechischen Unterricht. Er bewirkte es, dass die Florentiner denselben mit einem bestimmten Gehalte dafür anstellten, öffentliche Vorlesungen über Homer[6]) zu halten, nachdem er selbst privatim die Iliade

---

[1]) Nemo est, qui Graecas litteras noscit; at ego in hoc Latinitati compatior, quae sic omnino Graeca abjecit studia, ut etiam non noscamus characteres literarum — — —.
Boccaccio. De Geneologia Deorum libri XV, p. 3.
[2]) vgl. Hallam a. a. O. II, S. 756.
[3]) vgl. Mazzucchelli a. a. O. Th. II, S. 369.
[4]) vgl. Schück «Zur Charakteristik der italienischen Humanisten des 14. u. 15. Jahrhunderts.» Bresl. 1857, S. 7, Anm.
[5]) Marsand «Le memorie sulla vita del poeta Petrarca.» Parigi 1857, S. 8.
[6]) vgl. Schück a. a. O. S. 10.

mit ihm gelesen und sich mit der Platonischen Philosophie [1]) bekannt gemacht hatte.

Allerdings scheint weder Petrarca [2]) noch Boccaccio
einen allzuhohen Grad der Vollkommenheit in der griechischen Sprache erlangt zu haben — letzterer spricht
selbst äusserst bescheiden von seinen Fortschritten im
Griechischen [3]) —, aber sie netzten ihre Lippen an der
Quelle, genossen des Ruhms, die ersten zu sein, die dem
Vater der Dichtkunst die Huldigungen einer neuen
Nachwelt zollten und hatten in ihren Zeitgenossen
das Verlangen wachgerufen, in einer neuen Sphäre
der Wissenschaften Kenntnisse zu sammeln [4]); und wie

---

[1]) Ruth «Geschichte der italien. Poesie,» 1844, Bd. I, S. 579.

[2]) Petrarca erzählt, dass er den Fürsten der Dichter Homer
neben Plato, den Fürsten der Philosophen gestellt habe, aber
sich leider mit dem Anblicke begnügen müsse. Oft erfreue er
sich, setzt er hinzu, dennoch an dem blossen Anblick, oft umarme
er seine Bücher und rufe seufzend aus: «wie gern würde ich euch
hören, wenn nicht das eine meiner Ohren der Tod, das andere
die Entfernung taub gemacht hätte.» Er besitze zwar die lateinischen Uebersetzungen des Plato und des Homer, aber sie ge-
nügten ihm nicht, und er gebe die Hoffnung nicht auf, wie einst
Cato in seinem Alter, doch noch die griechische Sprache ganz zu
erlernen.

   vgl. Heeren «Geschichte der class. Literatur» Th. I,
                        S. 289 u. ff.

[3]) vgl. «Genealogia Deorum» S. 4:
        — — etsi non satis plene perceperim, percepi tamen
        quantum potui; nec dubium, si permansisset homo ille
        vagus diutius pene nos quin plenius percepissem — —.
Das «homo ille vagus» zielt zweifelsohne auf den Leontius
Pilatus, den (vgl. Schück a. a. O. S. 10, Anmerkung) sein unstäter
Geist nicht lange in Florenz duldete; er ging wieder nach Grie-
chenland, kehrte abermals zurück und wurde unterwegs auf dem
Schiffe vom Blitz getödtet.

[4]) Nach.dem Falle des griechischen Kaiserreichs flohen eine

der Stein, den man in's Wasser wirft, immer grössere
und grössere Kreise um sich zieht, so gab Petrarca's und
Boccaccio's Vorgehen den Anstoss zu einer Bewegung,
wie sie wichtiger, bedeutsamer und folgenreicher in der
Geschichte der Cultur nicht wieder vorkommt.
Dieselbe grosse Zeit, welche auf einen Dante, einen
Petrarca und Boccaccio stolz sein durfte, hat auch ihn
hervorgebracht, den heut noch leuchtenden Stern am Ho-
rizonte des vierzehnten Jahrhunderts [1]) Geoffrey Chaucer,
den «Vater der englischen Sprache und Dichtkunst[2]).»
Das Jahrhundert, in dem Chaucer lebte, war für

Menge griechischer Gelehrten vor der Barbarei der Türken nach
Italien. Die Ausgezeichnetsten unter diesen waren Manuel Chry-
soloras, Johann Argyrophilus, Theodor von Gaza und der Cardinal
Bessarion. Sie fanden bei den Medici in Florenz Schutz und
halfen die vortrefflichen Köpfe heranbilden, welche in Italien
während des 15. Jahrhunderts zum Vorschein kommen, als Leo-
nardo Aretino, die Guarini, Poggio von Florenz, Angelo Politiano
u. A. m.
    vgl. Frid. Boerner, de doctis hominum Graecis literarum
       Graecarum in Italia restauratoribus cap. 22.
    [1]) Seine Zeitgenossen, sowie das spätere Geschlecht, haben
seine Ansprüche auf derartige ehrende Epitheta rückhaltslos an-
erkannt. John Lydgate (um 1420) nennt ihn den «chief poete of
Bretayne,» den «lode Sterre» (star) der englischen Sprache, der
die goldenen Thautropfen derselben zuerst geklärt und gereinigt
habe. Thomas Occleve (ebenfalls um 1420) nennt ihn den «fynder
ouf our fayre langage, Roger Ascham (um 1553; Erzieher der
Königin Elisabeth) den Homer Englands, der um sein Vaterland
mehr Verdienste habe, als selbst Sophocles und Euripides um
Griechenland und Edmund Spenser (1553—1598, der Verfasser der
«Faery Queen»), bezeichnet ihn als den «pure well-head of poetry»
und den «well of English indefiled».
    vgl. Robert Bell «Poetical works of G. Chaucer,» Bd. I,
       Introduction S. 39.
    [2]) Pauli «Geschichte von England,» 1855. Bd. IV, S. 715.

England eine Zeit ungeregelter Kraft und Grösse, aber auch ein Zeitalter kräftigster Verwirrung. Man schritt vorwärts und schritt rückwärts. Mancherlei Keime des Guten und Schönen wurden ausgestreut, viele derselben trugen jetzt oder später reichliche Früchte, aber auch nicht wenige arteten im Drange der Zeit in Unkraut aus. Derartige Gährungs-Prozesse treten in allen jenen Perioden zu Tage, welche auf der Grenzscheide zweier Epochen der Weltgeschichte stehen und zugleich den Untergang der einen und das Werden der andern enthalten [1]).

Während die Regierung Eduard's II. ziemlich ruhmlos verläuft, wirft der Nachfolger desselben, Eduard III., Frankreich bei Crecy und Poitiers in den Staub, und mächtig scholl der Siegesjubel durch die Insel.

Die erste Hälfte des Jahrhunderts ist arm an Literatur [2]). William Occam (1300—1347) der letzte [3]) und

---

[1]) Falke «Geschichte des modernen Geschmacks». Lpz. 1866. Th. I, Abschnitt im Anfange.

[2]) Schottky «Leitfaden der engl. Literatur nach Spalding's Gesch. d. engl. Literatur.» Bresl. 1854. S. 3.

[3]) Auf folgende eindringliche Weise betrauert gegen das Ende des 14. Jahrhunderts ein treuer Anhänger der scholastischen Philosophie den Verfall derselben auf englischen Schulen und namentlich auf der zu Oxford: «Diese sinnreiche Logik,» ruft er aus, «diese herrliche Philosophie, welche unsere Mutter, die Universität zu Oxford, so berühmt machte in der ganzen Welt, ist jetzt in unsern Schulen beinahe erloschen. Wie Indien sich vor Alters seiner köstlichen Steine rühmte und Arabien stolz war auf sein Gold, so rühmte sich die Universität zu Oxford ihrer Logiker und der bewunderungswerthen Schätze ihrer tiefen Philosophie. Aber ach! ach! mit Schmerz sage ich es, sie ist jetzt kaum mehr im Stande, den Staub der Unwissenheit und des Irrthums von ihrem Angesichte abzuwischen.»

vgl. Wood, Hist. Oxen. L. II, S. 6.

grösste von Englands scholastischen Philosophen [1]), war im Auslande erzogen, lebte meist in Frankreich und starb in München, von der Geistlichkeit vielfach als Ketzer verfolgt [2]).

Jene Zeit war für das Papstthum verhängnissvoll. Das System des Terrorismus, welches Bonifaz VIII. und Johann XXII. durchführten und mit dessen Hilfe sie das wankende Ansehn der Kirche zu stützen gedachten, blieb gänzlich wirkungslos. Aber trotz der mannigfachen Angriffe, welche die Hierarchie jetzt erdulden musste, lastete dennoch die Hand des Papstes immer noch schwer auf den Völkern Europas. Die Grundsäulen des Papstthums waren eben zu fest gebaut, als dass der erste beste Windstoss sie hätte erschüttern können. Durch den aufsässigen Adel Rom's — ich nenne den Namen Nicolas Gabrini genannt Rienzi, von dessen Stellung zum Papstthum neuerdings Pirazzi eine gute Charakteristik gegeben [3]) —, während ihres unfreiwilligen Aufenthaltes zu Avignon eines Theiles der Kirchengüter beraubt [4]), ersannen die Päpste zur Füllung ihrer Kasse [5])

---

[1]) «Er führte als Scholastiker den fürchterlich gelehrten Titel: Doctor singularis, invincibilis, inceptor venerabilis.»
Bouginé a. a. O. Th. I, S. 538.

[2]) Nach Höfler («Die Avignonensischen Päpste, ihre Machtfülle und ihr Untergang.» Wien 1871. S. 37.) machte er zuletzt Frieden mit dem römischen Stuhl. «Die gewaltigen Himmelsstürmer, die alle Schätze der damaligen Wissenschaften in den Kampf geführt, zogen sich einer nach dem andern zurück.»

[3]) vgl. Stimmen des Mittelalters wider die Päpste. 1872. S. 24 u. ff.

[4]) «Erst durch die hinterlistige Politik Alexanders VI. und durch die wachsame Thätigkeit Julius II. gelang es den Päpsten, den grossen Nachtheil wieder gut zu machen, den der Aufenthalt zu Avignon ihrer Territorialmacht zugefügt hatte.»
vgl. C. W. Koch «Gemälde der Revolutionen in Europa», deutsch von Sander. Berl. 1807. Th. II, S. 10.

[5]) Haas «Geschichte der Päpste. 1860. S. 442.

neue Gattungen von Indulgenzen, drückende Erpressungen
von der Geistlichkeit unter dem Namen der Annaten, Expec-
tanzen, Provisionen und Reservationen [1]). Für Geld war Alles
käuflich [2]). Der römische Stuhl schien nur vorhanden,
um Wunden zu schlagen, nicht zu heilen, die Verwirrung
der Geister zu fördern und die Gläubigen selbst in stumme
Verzweiflung zu setzen [3]). Eine fürchterliche Höhe er-
reichten diese Bedrückungen vornehmlich in England [4]),

---

[1]) «Quum D. Johannes indigeret pecuniis pro necessitate ec-
clesiae contra Bavarum, qui imperium occupaverat, fecit bullam
per quam voluit, quod fructus omnium beneficiorum primi anni
vacantium deberetur sibi usque ad triennium et hoc fuit Ponti-
ficatus sui anno VI.

Cod. Vatic. n. 5302; acta S. Pontificum,
vgl. Höfler, a. a. O. S. 40.

[2]) Ueber die Dispensen Johanns XXII. machte man, als er
die Ehe Karls IV. löste, weil dessen Schwiegermutter ihn aus
der Taufe gehoben (Balluz II, S. 642) und den Schatzmeister
desselben, Billenvait, die Erlaubniss zur Heirath mit einer Dame
gab, die doppelt seine Commater war, folgendes beissende Epi-
gramm:

«A la cour du Pape couvait
N'a pas esté Billenvait
Car par l'octroy du St. Père
A pris sa double commère
Et du Roy par comperage
A defaict le mariage.»

vgl. Höfler a. a. O. S. 39.

[3]) Höfler a. a. O. S. 40.

[4]) Wichtig für das Verständniss der kirchlichen Verhältnisse
in jener Zeit ist auch Nigellus Wireker's Satyre: Brunellus oder
speculum stultarum, welche von witzigen Angriffen auf den römischen Stuhl strotzte. Von Rom sagt er beispielsweise darin:

Si caput a capio, vel dixeris a capiendo,
Tunc est ipsa caput, omnia namque capit,

vom römischen Hofe:

A summo capitis pariter pedis usque deorsum
Ad plantam, sanum nil superesse reor.

2*

und hier war es John Wicliffe [1]) (1324—1384), Priester und Professor der Theologie zu Oxford, der zuerst mit den Worten Isidori Pelusiotae [2]) und Gregorii Nazianzeni [3]) den Kampf aufnahm [4]), die Oberhoheit und Allgewalt des Papstes und sodann die römischen Dogmen heftig angriff [5]). Theils durch die Schwäche der Gegner, theils durch mächtige Gönner geschützt, blieb er trotz Bann

---

[1]) «He has been called the Morning Star of the Reformation.» Chambers «History of the engl. language.» Lond. S. 8.

[2]) Licet enim etiam utiliter irasci cum id vel ob Dei gloriam fit, vel ob eos, quibus injuria infertur, vel ut proximi ad meliorem mentem revocentur.   Lib. II, epist. 239.

[3]) «Melior est contentio pietatis causa suscepta quam vitiosa concordia.»   Orat. XII.

[4]) Ein sehr verständlicher Abriss von Wicliffe's Lehre findet sich in Aeneas Sylvius «Hist. Bohem.» cap. 35 und in Herrmann von der Hardt «Acta concil. Constantin.» Th. II, S. 153 u. 400.

[5]) Mit welchem Freimuthe Wicliffe die Sitten der Geistlichkeit seiner Zeit schilderte, möge man aus folgendem, seinem Buche de Hypocrisi entnommenen Bruchstücke ersehen:

Tanta erat hac aetate morum coruptio et peccandi licentia, ut Sacerdotes ac Monachi, praeter violatas virorum conjuges et moniales, virgines quasdam occiderent, concubitum eis denegantes. — Foeminis persuadebant aut earum plures, multo levius esse peccatum cum illis coire, quam cum laicis: praeter eorum Sodomiam, quae omnem mensuram excessit: interim se se jactitantes, eas absolvere posse(!), et pro eorum peccatis responsuros esse semper : in maximis sceleribus eas nutriebant. Spoliatis etiam haeredibus veris, suos nothos et spurios mirum in modum ditabant. Mulierum complexiones et secreta ex libris disquirebant: docentes cum illis concumbere in absentiis maritorum, maxime esse contra varias aegritudines salubre. — — Carnem sic omnes votis oblitis nutriebant in desideriis etc. etc.

Balei «Catalogus scriptorum Brittanniae.» I. c. p. 450 u. 475.

und Interdikt Priester [1]). Kurz nach 1380 liefert er die
erste vollständige englische Bibel-Uebersetzung auf Grund
der lateinischen Vulgata [2]).

Auch die sehr interessanten «Visions of Piers
Plowman [3])» (um 1362 von dem Mönche Robert Langland

---

[1]) «Er versah ruhig sein Predigeramt zu Lutterworth und
starb daselbst am Schlagfluss. Erst 1428 liess S. Martin V. seine
unschuldigen Gebeine ausgraben und verbrennen, nachdem er
die Ehre hatte, auf der heil. Synode zu Costniz nach löblichem
Gebrauch christlich verdammt zu werden.»
Bouginé a. a. O. Th. I, S. 540 u.
Flögel «Geschichte der kom. Literatur,» Bd. II, S. 326.

[2]) Seine Lehre fasste in England so tiefe Wurzeln, dass man
1404 im Unterhause den Vorschlag machte, sich aller Kirchengüter zu bemächtigen und sie als einen eisernen Fonds für die
Staatsbedürfnisse — also als eine Art von Reichs-Kriegs-Schatz —
zu bewahren. Nach einem anderen Plane, den das Unterhaus
im Jahre 1410 entwarf, war die Rede davon, die Güter der Geistlichkeit unter 15 neue Grafen, 1500 Ritter, 6200 Squires und 100
Hospitäler zu vertheilen.
vgl. Koch a. a. O. Th. II, S. 12 Anmerkung.

[3]) Der Plan dieser Satyre ist dieser: Ein Mann von niederem
Stande, der sein Pater noster und Ave Maria weiss, will auch
gern den Glauben lernen und bittet verschiedene Ordensgeist-
liche, ihn hierin zu unterrichten. Zuerst kommt er zu einem Minoriten; dieser räth ihm, sich vor den unwissenden Carmelitern
zu hüten, deren Fehler er mit hellen Farben schildert. Nur
durch die Minoriten könne er, er möge den Glauben wissen oder
nicht, selig werden. Nun geräth Peter Plowman in ein Benedik-
tinerkloster und findet hier einen fetten Ordensbruder, der auf
die Augustiner loszieht. Die Augustiner, zu denen er nachher
gelangt, schimpfen ihrerseits auf die Minoriten u. s. f. Endlich
verlässt er die Mönche, kommt zu einem armen Bauern auf's Land
und erzählt ihm seine Unterredung mit den Mönchen, worauf
beide das Gedicht mit einer langen Invective gegen die Mönche
beschliessen.
vgl. Warton, «hist. of. Engl. poetry», II, Abschn. 9.

verfasst) meist gegen die Laster der Geistlichkeit ge-
richtet, sind von tief einschneidender Wirkung auf die
religiösen und socialen Umwälzungen der späteren Zeit.
Das allerälteste Buch in englischer Prosa, reich an
Fabeln und treuer Beobachtung, ist Sir John Mandeville's
Bericht über seine vieljährigen Reisen im Orient.
In mancher Beziehung wichtig ist sodann John Gower
(geb. 1324 zu Kent [1]), ein begüterter Mann von adlicher
Abkunft, der langjährige treue Freund Chaucer's. In
jüngeren Jahren besang er nach dem Vorbilde gleich-
zeitiger Dichter des Festlandes die Liebe in französischen
Balladen, deren sehr einfach gebaute Strophen artig und
zart genug klingen, aber doch sehr den Stempel eines
künstlichen Machwerkes an sich tragen [2]). Einmal gesteht
er sogar naiver Weise, dass er Engländer sei und bittet,
man wolle deshalb mit seinem Französisch nicht zu streng
in's Gericht gehen [3]). Dann versucht er sich in einem
langen, schwerfälligen Gedicht in lateinischen Distichen.
Es ist dies die «Vox clamantis», welche unter dem Ein-
drucke des während Richards II. Regierung entbrannten
Bauernkrieges geschrieben, in allegorischer Weise die
Noth der Zeit behandelt. Am wichtigsten ist sein eng-
lisches Gedicht, die «Confessio amantis [4]).»

---

[1]) Nach Caxton wurde er zu Wales geboren.
vgl. Bell a. a. O. I, S. 24.
[2]) Pauli a. a. O. Band IV, S. 407.
[3]) Al Universite de tout le monde
    Johan Gower ceste ballade envoie
    Et si jeo nai de françois la faconde
    Pardonetz moi, qe jeo de ceo fors voie
    Jeo suis Englois etc. — — —
Ballades ond other poëms by John Gower nach einem M. S.
im Besitz des Marquis of Stafford.
vgl. Pauli a. a. O. Bd. IV, S. 707.
[4]) Es ist dies die seltsamste Mischung der classischen Ge-

Die Bedeutung Gower's hat Chaucer sehr richtig bezeichnet; er nennt ihn wegen seiner entschieden sittlichen
Tendenz den «moralischen Gower [1])», als welcher er denn

staltungen Ovid's mit eigenthümlich mittelalterlichen Ideen.
Einem schmachtend Liebenden wird von der Venus ihr Priester
Genius zugeschickt, damit er seine Beichte höre und ihm Absolution
ertheile. Dabei werden denn alle Tugenden und Laster der
Reihe nach durchgenommen und dem Liebenden alte und neue
Geschichten als Muster und Warnung erzählt, zu denen die Bibel,
Ovid, die mittelalterlichen Gedichte vom trojanischen Kriege, von
Alexander dem Grossen, die gesta Romanorum, Gottfried von Vi-
terbo, aber auch neuere Bücher, wie das Leben Bonifaz VIII. den
Stoff haben liefern müssen. Ausserdem lässt sich der Beichtvater
auf alles Mögliche ein, erläutert die geheimnissvolle Kunst des
Almagest, die ganze Lehre des Aristoteles, wie sie von den Scho-
lastikern vorgetragen wurde und bringt überhaupt mit geringem
poetischen Talente eine umfangreiche Encyclopädie mittelalter-
licher Belesenheit zu Stande. Endlich ist die Beichte vollendet
und Venus entlässt den Liebenden mit dem als Schlussmoral für
das Ganze sehr guten Rathe, in seinen alten Tagen dergleichen
Thorheiten aufzugeben und das Herz von den eitlen Dingen der
Welt hinweg, den höheren, ewigen Dingen zuzukehren.

vgl. Pauli a. a. O. IV, S. 708 u. ff.

[1]) «O morall Gower this booke J direct
To thee and the philosophical Strode,
To vouchsafe there need is te correct
Of your benignities and zeales good.»
Widmung am Ende von «Troilus and Creseide.»
Pickering ed. 1845. V, 172.
«Der Zusammenhang verbietet auch nur den leisesten Anflug
von Ironie in dem Attribut «morall» zu suchen.»
vgl. Hertzberg «die Canterbury Tales» in d. Einleit. S. 58.
Der «philosophical Strode» ist uns durchaus unbekannt ge-
blieben. Ein heftiger Gegner Wicliffe's, soll er sich unter den Ge-
lehrten, welche Oxford im 14. Jahrhundert besass, durch philo-
sophische Bildung und auch als Dichter rühmlichst ausgezeichnet
haben.

auch in seiner allegorisch-didaktischen Dichtung im 15. und 16. Jahrhundert einen ungeheuren Anklang gefunden hat. Seine englischen Gedichte durchweht ein so inniges Gefühl, sie besitzen eine so leicht und ungekünstelt dahinfliessende Ausdrucksweise, dass er seine Nachfolger im 15. Jahrhundert in dieser Beziehung weit hinter sich zurücklässt. Vierzig Jahre hindurch lebte er mit Chaucer in ungetrübter Freundschaft und erst am Abend ihres Lebens erlitt dieselbe einen unheilbaren Bruch. Warum? Niemand kann es mit Bestimmtheit sagen [1])! Ahnte vielleicht Gower, dass seine nicht geringen Verdienste [2]) durch Chaucer's Ruhm einstmals würden verdunkelt werden? — — —

---

[1]) Chaucer soll sich in dem Prolog zur «Man of Lawes Tale» (nach Breyer's «Leben Chaucer's» S. 83 ist V. 4497 u. ff. der Canterbury Tales gemeint) unzarte Anzüglichkeiten auf Gower's Privatleben erlaubt haben, was diesen wiederum veranlasst hätte, die Complimente, welche er im Epiloge der «Confessio» die Venus an Chaucer richten lässt, in späteren Manuscripten wieder zu streichen.   vgl. Bell a. a. O. vol. II, S. 9.

[2]) Gower's Werke sind:

1) 50 Balladen in französischer Sprache. 2) Speculum meditantis, ebenfalls französisch. 3) Confessio amantis, englisch. In lateinischer Sprache sodann: 4) Vox clamantis. 5) Chronica Triptertita Johannis Gower de Depositione Richardi II et Coronatione Henrici IV. 6) Encomion Henrici IV. 7) Contra Daemonis Astutiam in causa Lollardiae. 8) De virtutibus regis ad Henricum IV. 9) De vitiorum pestilentiae sub Richardo II. 10) Contra mentis saevitiam in causa superbiae. 11) Contra carnis lasciviam in causa concupiscentiae. 12) Contra mundi fallaciam in causa perjurii et avaritiae. 13) De lucis scrutinio contra tenebras vitiorum. 14) Poëmata varia Johannis Gower («Liber ut videtur ipsius autoris»).

Vgl. Shaw-Smith «A history of engl. literature.» 1870. S. 30: «It is very curious, as an example of the contemporary existence of the French, the Latin, an the vernacular lite-

Vor allen grossen Männern — und einzelnen Ausnahmen, wie Julius Caesar [1]), sind nicht im Stande, die
ganze Regel umzustossen — gilt es, was der Dichter von
Roland sagt, dass dieser nämlich stets williger gewesen
sei, schöne Thaten zu vollbringen, als sie zu beschreiben
und dass dieserhalb niemals eine von seinen Handlungen
bekannt geworden wäre, wenn nicht die Augenzeugen
derselben sie berichtet hätten [2]); auf sie findet Sallust's
schöner Vergleich Anwendung: «Je besser einer ist, desto
mehr zieht er die That der Rede vor, desto lieber will
er seine Thaten von Anderen gelobt sehen, als Anderer
Thaten loben [3]).»

Dieser Gedanke mag wohl auch dem grossen Alexander

---

rature at this period in England, that the three parts of
Gower's immense work should have been composed in three
different languages: the «Vox clamantis» in Latin, the
«Speculum meditantis» in Norman French and the «Confessio amantis» in English.»

[1]) «Der Wahrheit ist Caesar, so weit wir es selbst bei
strengster Kritik zu beurtheilen vermögen, allerdings stets treu
geblieben. In der ganzen Erzählung vom siebenjährigen Kriege
lässt sich Caesar absolut keine Lüge nachweisen; aber freilich
nichts destoweniger ist die Tendenz für den tiefer Blickenden
deutlich erkennbar, und die scheinbare Objectivität ist vielleicht
nur das glänzendste Beispiel für jenen Satz, dass die höchste
Aufgabe der Kunst ist, die Kunst zu verhüllen und Natur zu
scheinen — — — er hat die Kunst des Verschweigens mit
meisterhafter Geschicklichkeit geübt.»

vgl. Köchly «Caesar und die Gallier.» 1871. S. 32.

[2]) — — —

Perche Orlando far l'opre virtuose
Più ch'a narrorle poi sempre era pronto!
Ne mai fù alcun' de suci fatti espresso,
Se non quando hebbe i testimonii apresso!
Ariosto Cant. XI, 81. Stanze.

[3]) De conjur. Catilinae. Cap. VIII.

vorgeschwebt haben, als er beim Grabe des Achilles das
Schicksal dieses Helden pries, der nicht nur die herr-
lichsten Thaten vollbringen durfte, sondern dem es auch
vergönnt war, in Homer den besten Verkündiger seiner
Tapferkeit zu finden. Er giebt uns zu verstehen, dass
viele ruhmeswerthe Männer nur deshalb der ewigen Vergessenheit anheimgefallen sind [1]), weil ihnen kein Dichter
oder Geschichtsschreiber erstanden war, der die Schil-
derung ihrer Thaten dem Andenken der Nachwelt hätte
überliefern können [2]).

Es lebten Helden, eh' ein Atride war!
Doch alle liegen, weil sie geweiheter
Verkündigung mangeln, unbeweinet
Ruhmlos in ewiger Nacht begraben! —

[1]) Ebenso ergeht es auch ganzen Nationen. Denn wenn es
auch selbstredend kein Volk giebt, welches — strictly speaking
— nicht seine Geschichte hätte, so hat manches doch der grossen
Historiographen entbehren müssen.

vgl. Hölzke «Hume and Macaulay». Halle 1862. S. 1.

Auch die Römer konnten, als die ganze Welt zu ihren Füssen
lag, keinen Geschichtsschreiber auftreiben: vgl. Cicero «de le-
gibus» lib. I, Cap. 2. Atticus zum Marcus: — — abest enim
historia litteris nostris — —.

[2]) Vgl. Herbart's Rede an Kant's Geburtstage, d. 22. April
1823 (Reicke und Wichert, Altpreuss. Monatsschrift. 1865. S. 245).
Er schildert, wie Cicero, das Grabmal des grossen Archimedes,
welches die Syracusaner gänzlich vergessen hatten, nach vieler
Mühe auffindet: «So schlecht,» ruft er aus, «erhält sich das Andenken an grosse Männer, wenn es nicht sorgsam bewahrt wird!
So wenig leisten todte Monumente, wenn keine lebendige Rede
dem eingehauenen Buchstaben zu Hülfe kommt!» Er schildert
den ewigen Wechsel der Zeiten, der Sorgen, der Meinungen, der
Herren und Diener, dem auch die Sprache sich unterwerfe, «und
der Schriftsteller, den heute noch jeder versteht, bedarf vielleicht
schon nach hundert Jahren eines Kommentars.»

Ruhmrednerei und wahre Grösse gehen nie und nimmer Hand in Hand miteinander, und da ausserdem auf die Stimme des Propheten im eigenen Lande bekanntermassen nur äusserst selten geachtet wird, und die Zeitgenossen nur ausnahmsweise einmal einen ihrer grossen Männer schon bei Lebzeiten honoriren [1]), so darf es uns nicht wundern, dass uns über die äusseren Lebensverhältnisse so vieler hervorragender Persönlichkeiten alle näheren Angaben fehlen.

Und so ist auch das, was wir über Chaucer's äussere Lebensumstände wissen, halb Hypothese, halb Combination [2]), und auch um letztere würde es nicht zum besten bestellt sein, wenn der Dichter nicht selbst in versteckten Anspielungen [3]), die er seinen Werken hie und da eingestreut, Streiflichter auf sein Privatleben fallen liesse [4]).

---

[1]) Göthe, der doch am allerwenigsten über «Verkennung» von Seiten seiner Zeitgenossen zu klagen hatte, hat diese charakteristische Eigenthümlichkeit des Menschengeschlechts wiederum am schärfsten gezeichnet. Vgl. West.-östl. Divan Rendsch Nameh, Buch des Unmuths:

> Befindet sich Einer heiter und gut,
> Gleich will ihn der Nachbar peinigen,
> So lange der Tüchtige lebt und thut
> Möchten sie ihn gerne steinigen;
> Ist er hinterher aber todt,
> Gleich sammeln sie grosse Spenden,
> Zu Ehren seiner Lebensnoth
> Ein Denkmal zu vollenden.

[2]) Bell a. a. O. S. 9, Bd. 1.

[3]) Am zahlreichsten finden sich dieselben in «The court of love» und «the testament of love.»

[4]) Chaucer's Hauptbiographen sind: Leland, Speght 1538, Urry 1721, Tyrwhitt 1775—1778, Godwin 1804, Nicolas 1845 u. Bell 1854. Die ersten drei sind gänzlich unverlässig. Leland, welcher Chaucer's Zeit am nächsten steht, wimmelt von Irrthü-

Die Abstammung, die Geburt und die Erziehung
Geoffrey Chaucer's sind in Dunkel gehüllt. Einer Ueber-
lieferung zufolge, deren Ursprung nicht zu ergründen ist[1]),
wurde er im Jahre 1328 geboren. Mit dieser Annahme
stimmt auch die Inschrift auf dem Grabmale [2]) Chaucer's,
welches Nicholas Brigham, ein wohl erzogener, gebil-
deter Mann errichtete, überein, nach welcher er im Jahre
1400 im Alter von 72 Jahren gestorben sei [3]).

mern, Speght verliert sich in Vermuthungen, die zum grössten
Theil jeglichen Rückhaltes entbehren und Urry, dem mannigfache
Mängel in der Darstellung anhaften, lügt dergestalt, dass seine
Arbeit hierdurch völlig werthlos wird. Tyrwhitt war der erste,
der die Biographie auf die wenigen historischen Thatsachen zu-
rückführte, deren Wahrheit sich durch unanfechtbare Dokumente
in hinreichender Weise erhärten liess und der alles Uebrige bei
Seite warf. William Godwin bringt sodann einige neue Einzeln-
heiten, doch ist sein sehr umfangreiches Werk — es existirt
davon im Deutschen eine Art Auszug in selbstständiger Bearbeitung von Breyer, Jena 1812 — zu sehr mit Hypothesen belastet,
als dass es mit voller Sicherheit zu Rathe gezogen werden könnte.
Nicolas' Arbeit dagegen ist ungemein genau, sorgfältig und
durchaus wahrheitsgetreu. Auch hält er sich streng an die
Thatsachen und bringt, dank einer langjährigen, mühsamen
Durchforschung englischer Archive, manches Neue, was seinen
Vorgängern bis dahin entgangen war. Bells lichtvolle Darstellung beruht zum grossen Theil auf Nicolas' Arbeit; Uebersichtlichkeit
und Kürze sind ihre Hauptvorzüge. In Deutschland hat neuerdings Professor Wilhelm Hertzberg in Bremen (vgl. seine vortreffliche Uebersetzung der «Canterbury Tales,» Hildburgh. 1871)
Chaucer's Leben zum Gegenstand einer eingehenden Untersuchung
gemacht.

[1]) Bell a. a. O. I, S. 10.
[2]) Nach Sir H. Nicolas (vgl. Hertzberg a. a. O. S. 19) ist das
betreffende Epitaph nicht auf dem eigentlichen Grabmal, sondern
vielmehr auf der Hinterwand der Gruftnische angebracht.
[3]) Dass Chaucer in sehr hohem Alter gestorben, ist durch
glaubwürdige Zeugnisse festgestellt. So spricht im Jahre 1392

Nach einer Stelle im «the testament of love» ist London der Ort seiner Geburt [1]), doch ist diese Angabe keineswegs über jeden Zweifel erhaben. Ueber seine Familie wissen wir so gut wie nichts. Personen mit dem Namen Chaucer [2]) kommen allerdings bereits im Anfang des 14. Jahrhunderts in England vor, doch wäre es wohl sehr gewagt, auf ein Verwandtschaftsverhältniss derselben mit unserm Dichter schliessen zu wollen. Leland, der erste Biograph versichert, dass er von vornehmer Abkunft sei. Speght dagegen hält ihn für den Sohn eines wohlhabenden Weinhändlers, der all sein Vermögen späterhin der Kirche vermacht habe. Nach Pitt war er der Sohn eines Ritters, nach Hearn der eines

---

Gower von ihm als von einem Manne, der sich jetzt in seinen «alten Tagen» befinde:

> For thy, now in his daye's olde,
> Thou shall hym tellen his message,
> That he upon his latter age
> To sette an ende of all his werke . . . .
> To make his «testament of love» (in d. «Confessio
> amantis»).

Occleve redet ihn mit den Worten an «O maister deere and fadir reverent,» Ausdrücke, die, wie Sir Harris Nicolas sagt, von jeher gebraucht wurden, um die Achtung vor dem Alter und vor der geistigen Ueberlegenheit anzudeuten.

vgl. Bell a. a. O. I, S. 10 Anmerkung.

[1]) Also the cityе of London, that is to me so dere and swete, in which J was forth growen, and more kindely love have J to that place than to any other in yerth as every kindly creature hath full appetite to that place of his kindly engendrure.

«Test. of love» book I, § 5.

[2]) Nach Urry ist der Name — er kommt verschieden als Chaucer, Chaucieres, Chaussier, Chausir vor — ursprünglich französisch und bedeutet einen Schuhmacher, faiseur de chausses oder culottier.

Kaufmanns, und Urry behauptet, dass ein John Chaucer, welcher Eduard III. nach Flandern und Cöln begleitete, sein Vater gewesen sei [1]). Jedenfalls erhielt er eine ganz vortreffliche Erziehung, und man kann wohl annehmen, dass er aus einer begüterten Familie stammt [2]). Zufolge einer Anspielung in «the Court of Love [3])» glaubt man, dass Chaucer zu Cambridge erzogen worden sei, Leland aber ist der Ansicht, dass er die Universität Oxford besucht und seine Studien sodann zu Paris vollendet habe. Vielleicht hat er auch wirklich, wie spätere Biographen annehmen, beide Universitäten besucht. Wenigstens sind solche Fälle auch in jenen Zeiten schon vorgekommen [4]). Unter welchen Verhältnissen und an welchem Orte Chaucer auch immer studirte — seine Werke zeigen durchweg den aussergewöhnlichen Umfang seiner Kenntnisse. In der Theologie, in der Philosophie und der Scholastik seines Zeitalters, sowie in der Astronomie war er gleich wohl bewandert.

Die erste authentische Nachricht über Chaucer datirt aus dem Jahre 1359 [5]), in welchem er seiner eigenen Aussage gemäss unter Edward III. am Feldzuge gegen Frankreich theilnahm und bei dieser Gelegenheit gefangen genommen wurde. Er war zu jener Zeit von schöner und stattlicher Leibesbeschaffenheit, besass rothe und

---

[1]) Bell a. a. O., I., S. 12.
[2]) Ebd.
[3]) «My name, alas! my hearte why makes thou straunge,
    Philogonet J call'd am fer and nere
    Of Cambridge clerke — — —» v. 912 u. ff.
[4]) Bell a. a. O., I., S. 12 u. 13.
[5]) Während der Jahre 1356—1359 soll er — wahrscheinlich als Page — im Dienste der verwittweten Herzogin von Clarence gestanden haben. Vgl. Shaw a. a. O., S. 32.

volle Lippen, eine recht proportionale Grösse und eine
ebenso anmuthige wie majestätische Haltung[1]).

Wenn Chaucer wieder nach England zurückkehrte,
ist unbestimmt. Wahrscheinlich wurde er im Frieden
zu Chartres 1360 ausgelöst. Wir wissen nur, dass er
sich in diesem Jahre mit Philippa Roet, einer Hofdame
der Königin vermählte. Er kam dadurch mit dem Herzog
von Lancaster, John of Gaunt, in Verbindung, bei dessen
erster Gemahlin die Schwester[2]) der Philippa als Gesell-
schafterin lebte. Für Chaucer war diese Verbindung,
wie sich in der Folge zeigen wird, von der schwer-
wiegendsten Bedeutung.

Im Jahre 1367 wurde er zum «Valet of the King's
chamber» ernannt und erhielt kurze Zeit darauf eine
lebenslängliche Leibrente von 20 Pfd. mit dem Titel
«dilectus valettus[3]) noster,» was nach Selden einen jungen
Adlichen vor dem Ritterschlage bedeutet[4]). Im Sommer
des Jahres 1370 scheint Chaucer im Dienste des Königs

---

[1]) Diese Beschreibung rührt von Urry her, der 1721 ein
Portrait Chaucer's, damals im Besitz eines George Greenwod be-
findlich, gesehen haben will.   Vgl. Bell a. a. O., I., 15.

[2]) Sie hiess Katharina, wurde später die Geliebte und wenn
ich nicht irre, in der Folge die zweite Gemahlin des Herzogs.

[3]) «Valettus» ist vermuthlich aus dem lateinischen Vassalettus,
dem Diminutiv von Vasallus entstanden.

[4]) In ähnlicher Weise definirt Ducange (vgl. Breyer-Chaucer,
S. 144) diesen Ausdruck: magnatis filius, qui necdum militare
cingulum erat consecutus. Damit stimmt auch nachstehende
Stelle eines altfranzösischen Rittergedichtes — Roman d'Ipomedon
— überein:

»Il ot un fiz de sa mulier
Ki neit pas uncore chivaler,
Vallet esteit et beaus et gent»

Vgl. Tyrwitt in der Routledge-Edition der »Canterbury-
Tales» 1869, S. 27.

England verlassen zu haben; sicher ist's, dass er zwei Jahre später im Winter 1372 einer Gesandtschaft nach Genua, welche commerzielle Beziehungen zwischen England und dieser Republik zu regeln hatte, als «Scutifer[1]) noster» zugetheilt wurde.

Nach den sorgsamen Forschungen Sir Harris Nicolas besuchte er bei dieser Gelegenheit Florenz und kehrte nach England jedenfalls vor dem 22. November 1373 zurück, an welchem Tage er aufgefundenen Urkunden zufolge sein Gehalt persönlich in Empfang genommen hat[2]). Dass er während seines Aufenthaltes in Italien Petrarca's Bekanntschaft machte, ist eine Annahme, welche sich vornehmlich auf eine Stelle in den «Canterbury Tales» stützt[3]).

Es ist in der That mehr als wahrscheinlich, dass dieser Besuch wirklich stattgefunden hat. Während Chaucer sich in Florenz aufhielt, lebte Petrarca auf dem kleinen Landsitze Arqua[4]) nahe bei Padua, und es ist durchaus nicht zu ersehen, was eigentlich Chaucer von einem solchen Besuche hätte abhalten sollen[5]), ich glaube

---

[1]) «Scutifer,» das heutige Squier, und Armiger sind gleichbedeutend mit dem französischen Escuier.

[2]) Bell a. a. O., I., S. 17.

[3]) Vgl. V. 7903 und ff. im Prologe zu der Erzählung des Studenten; derselbe sagt, an diesem Orte, dass er die Geschichte der Griselda von einem «worthy clerk» zu Padua «Fraunceis Petrark, the laureat poet» gehört habe. (Petrarca's «Griselda» ist eine lateinische Uebersetzung der gleichnamigen Erzählung am Schlusse des «Decamerone;» giornata decima novella decima.)

[4]) Er hatte denselben 1364 von Franz von Carrara zum Geschenk erhalten und starb auch daselbst am 18. Juli 1374 an der Auszehrung.

[5]) Speght glaubt, dass Beide bei der Vermählung des Herzogs von Clarence zu Mailand zusammengetroffen seien; doch bringt er für diese Annahme keinerlei Beweis.

im Gegentheil, dass ihm, der sich damals schon mit Erfolg als Dichter versucht hatte, eine derartige Zusammenkunft im höchsten Grade erwünscht gewesen sein muss. Dem Besuche bei Petrarca mag Chaucer denn auch die erste Bekanntschaft mit den Werken des Boccaccio verdanken[1]).

Der nächste Vermerk über Chaucer findet sich in einem Documente vom 23. April 1374, nach welchem ihm das Amt eines «pitcher of wine daily» übertragen wurde; kurz darauf erhielt er die Ernennung zum «comptroller of the customs in the port of London» unter der ausdrücklichen Voraussetzung, dass er die damit verbundenen schriftlichen Arbeiten eigenhändig erledige, stets auf dem Platze sei und überhaupt allen seinen Pflichten persönlich nachkomme[2]). Zur selben Zeit wird die Pension, welche John of Gaunt, Herzog von Lancaster, zwei Jahre

---

[1]) Nach Flögel (Gesch. d. kom. Literatur II, 329) hat er auch die persönliche Bekanntschaft Boccaccio's gemacht: «In Italien lernte er den Petrarca und Boccaccio kennen und da er zugleich die italienische und provenzalische Sprache erlernte, so half ihm dies die bisherige steife Rauhigkeit seiner Muttersprache verbessern.

[2]) «So that the said Geoffrey write with his own hand his rolls touching the said office, and continually reside there, and do and execute all things pertaining to the said office in his own person and not by his substitute.»

Vgl. Tyrwitt a. a. O., S. 27.

«Das klingt allerdings sehr prosaisch, aber man mache darum dem guten und glorreichen König nicht von neuem den Vorwurf, dass er nicht geahnt habe, was sich für den Dichter, den grössten Dichter seines Jahrhunderts passe. Es bedarf nicht einmal der Entschuldigung, dass Edward III., der sein lebelang nur französisch sprach, ebenso wenig Notiz von der werdenden Poesie Englands zu nehmen Veranlassung hatte, als Friedrich der Grosse seiner Zeit von der deutschen.»

Hertzberg a. a. O., S. 29.

vorher der Philippa Chaucer ausgesetzt, in ein Jahrgehalt
für beide Ehegatten convertirt, dessen Niessbrauch dem
überlebenden Theile auf Lebenszeit zugesichert wurde.
Im Jahre 1375 erhält Chaucer die Bestallung zum Curator
der Edmond Staplegate'schen Nachlassmasse. Bald nachher finden wir ihn bei zwei geheimen Gesandtschaften
thätig und zwar 1376 im Gefolge (comitiva) Sir John
Burley's und 1377 als Begleiter Sir Thomas Parey's, des
nachmaligen Earl of Worcester[1]). Im Jahre 1378 ging
er mit Sir Guichard D'Angel nach Frankreich und im
Mai desselben Jahres mit Sir Edward Berkely nach
Italien. Während der Dauer seiner diplomatischen Thätigkeit, für welche er regelmässige Besoldung empfing, durfte
er sein Amt als «comptroller of the customs» beibe-
halten; er hatte jedenfalls eine königliche Vollmacht erlangt, sich Stellvertreter substituiren zu dürfen; zu solchen
wählte er seinen Freund Gower und späterhin einen gewissen Richard Forrester.

1379 kam Chaucer wieder nach England zurück und
man weiss bis zum Jahre 1382, in welchem er als Neben-
amt noch die Stelle eines «comptrollers of the petty
customs» erhielt, nichts weiter von ihm, als dass er seine
Revenüen entweder persönlich oder mittelst Quittung
einzog[2]). Wir wissen ferner, dass er im November 1384
zur Regelung seiner Privatangelegenheiten einen vier-
wöchentlichen Urlaub erhielt und endlich im Februar

---

[1]) Der Zweck der ersten Mission ist unbekannt. Die Un-
richtigkeit der Angabe Froissart's, nach welcher es sich um ein
Heirathsprojekt zwischen Richard, Prinzen von Wales, und Mary,
der Tochter des Königs von Frankreich handelte, hat Nicolas
ausführlich nachgewiesen. Vgl. Bell a. a. O., I., S. 23. Die
zweite Reise hatte Flandern zum Ziel.

[2]) Bell a. a. O., I., S. 24.

des nächsten Jahres der ungemein lästigen Pflicht, seinem Amte stets persönlich vorzustehen, enthoben wurde, indem ihm der König einen dauernden Vertreter zu engagiren gestattete. Nun durfte er in voller Freiheit seinen Neigungen folgen. Zunächst wandte er sich der Politik zu und liess sich von der Grafschaft Kent in das am 1. Oktober 1386 zu Westminster zusammentretende Parlament wählen. Er trat in das Unterhaus einzig und allein, um die Minister, welche die Sache seines Freundes und Gönners, des Herzogs von Lancaster, verfochten, zu unterstützen. Das Parlament tagte kaum einen Monat und setzte den Bestrebungen der Regierung eine leidenschaftliche und unbeugsame Opposition entgegen. Chaucer fand zwar wenig Gelegenheit, seinen Eifer für den Herzog zu bethätigen, doch genügte seine allbekannte Anhänglichkeit für die Sache desselben, um ihm den ganzen Hass der Gegner[1]), welche bald nachher die Gunst des Königs errangen, zuzuziehen. Diesem Umstande schreibt man seine im December 1386 erfolgte Amtsentlassung zu. Man setzte ausserdem eine Commission nieder, welche seine Amtsthätigkeit untersuchen musste, doch scheint dieselbe nichts Straffälliges entdeckt zu haben.

Der Verlust dieser Aemter zerrüttete Chaucer's Vermögensverhältnisse dergestalt, dass er eine Zeit lang bittern Mangel litt[2]). Doch brachte der Sturz Thomas

---

[1]) «Thy factions, in their worse than civil war,
  Proscribed the bard whose name far evermore
  Their Children's Children would in vain adore
  With the remorse of ages.»
                                    Childe Harold.
[2]) Im «testament of love» nennt er selbst den Verlust seiner Aemter den grössten Schicksalsschlag, welcher ihn getroffen; er beklagt es «being berafte out of dignitie of office, in which

of Woodstock's, des Onkels Richards II. und des Kanzlers Walsingham im Mai 1389 die politischen Freunde Chaucer's, darunter den Sohn des Herzogs von Lancaster, wieder an's Ruder und diese beeilten sich, Chaucer's Treue zu belohnen. Im Juli 1389 wurde er zum Aufseher der königlichen Bauten ernannt, aber bereits im Jahre 1391 trat er aus unbekannten Gründen wieder von dieser Stellung zurück.

Jetzt folgt eine grosse Lücke in seiner Biographie. Nach Godwin hielt er sich nun in Woodstock[1]) auf und schrieb dort die «Conclusions of the astrolabe,» welche er seinem Sohne, dem «little Lewis»[2]) widmete. Dass er in jener Zeit Mangel und Noth litt, erhellt aus der Menge kleiner Vorschüsse[3]), die er auf seine kleine Pension erhob und aus dem Umstande, dass ihn im Jahre 1389 nur ein königlicher Freibrief vor dem Schuldarrest rettete.

Doch sah er noch einmal die Sonne des Glückes leuchten. Vier Tage nach der Thronbesteigung Hein-

---

he made a gatheringe of worldly godes.» An einer andern Stelle nennt er sich «once glorious in worldly welefulnesse and having suche Godes in welthe as maken men riche» (test. of l., S. 326) was mit seinem nachmaligen finanziellen Ruin allerdings seltsam genug constrastiren musste.

[1]) Sein Astrologium, welches dass Datum des 12. März 1391 trägt, ist, wie er sagt «sufficient for oure orizont, compowned after the latitude of Oxenforde.» Aus dieser Stelle scheint also im Gegensatz zu Godwin's Angabe hervorzugehen, dass er sich damals zu Oxford aufhielt.

[2]) Derselbe ist vermuthlich in jungen Jahren gestorben.
Vgl. Bell a. a. O., I., 37.

[3]) Wir besitzen noch die Original-Quittungen darüber. So borgte er bei einer Gelegenheit 1 Pf. 6 Sh. und ein anderes Mal gar nur 6 Sh. Vgl. Bell a. a. O., S. 31.

richs IV., des obenerwähnten Sohnes des Herzogs von
Lancaster, erhielt er eine Pensionszulage von 20 Pfund.
Chaucer war nun 71 Jahr alt und die königliche
Gnade kam gerade zur rechten Zeit, um die letzten Tage
seines Lebens kummerfrei zu erhalten. Seit 1397 wohnte
Chaucer in London. Er starb daselbst am 25. Oktober
des Jahres 1400. Er ruht im Poetenwinkel der West-
minster-Abtei. —

In der Geschichte eines Volkes, dessen Sprache mit
der Dichtkunst Hand in Hand ging, so dass beide einander
ergänzten und gleichsam schufen, ist es zum vollkommenen
Verständniss der letztern unerlässlich, auch die Geschichte
der Sprache zu verfolgen.

In demselben Verhältniss, in welchem die Bedeutung
des «Civis romanus sum» zu sinken begann, näherte sich
die Universal-Herrschaft der lateinischen Sprache ihrem
Ende. Das Zusammentreffen zweier ungeheurer Völker-
stämme, des lateinischen und des teutonischen, sowie die
dadurch bedingte Vermischung zweier Grundsprachen gab
von einem Ende Europens bis zum andern den Anstoss
zur Bildung neuer Mundarten. Die Sprachen, welche die
Völker des südlichen Europas von der äussersten Spitze
Portugals bis zur äussersten Spitze Calabriens oder
Siciliens sprechen, sind sämmtlich aus der Vermischung
des Lateinischen mit dem Teutonischen entstanden.
Nebenumstände mehr als die Verschiedenheit der
Racen haben die Verschiedenheit zwischen dem Portu-
giesischen, Spanischen, Provençalen, Französischen und
Italienischen hervorgebracht[1]), aber diese Verschiedenheit
hindert nicht die Wahrnehmung eines gemeinschaftlichen

---

[1]) Vgl. Simondi a. a. O., I., S. 11.

Ursprungs, wie er uns an einzelnen Worten auffallend genug in die Augen springt[1]). In Frankreich, in welchem seiner geographischen Lage gemäss das teutonische und lateinische Element zuerst zusammenstiessen, bildeten sich im Laufe der Jahrhunderte zwei von einander verschiedene Dialekte. Das Südfranzösische oder die langue d'oc entwickelte sich unter römischem[2]) und das Nordfranzösische oder die langue d'oui unter germanischem Einflusse. Letzteres wurde mit der Zeit eine glatte, gefällige Umgangs- und Schriftsprache, deren sich die Gebildeten aller Länder bedienten, während das Südfranzösische zu einem Patois herabsank, in dem fast Niemand mehr schrieb, so sehr es früher auch von den Troubadours kultivirt

---

[1]) Als Beispiel gelte:
Oculi lat., occhi ital., ojos span., oilhos, portug. huelhs provenç., yeux (oeils) franz. —
coeli lat., cieli ital., cielos span., ceos portug. cens provenç., cieux franz. —
Gaudium lat., godimento, gioja ital., gozo span., gozo portug. gaug provenç., joie franz.

[2]) In der Fabel vom Regen des Pierre Cardinal (Anfang des 13. Jahrh., also zur Zeit eines Hartmann v. d. Aue), heisst es:

Provenzal. Text.	Neufranzösisch (möglichst wörtlich)
Yssy comensa la faula de la pluya.	Ici commence la fable de la pluie.
Una ciutat fo, no say quals,	Il fut une ville, je ne sais laquelle,
Hon cazee una plueya tals,	
Que tuy li home de la ciutat,	Où tomba une pluie telle,
Que toque, faro farcenat etc.	Que tous les hommes de la cité
	Qu'elle toucha, furent forcenés (devinrent fous).

Wie scharf tritt hier noch im Text der lateinische Sprachstamm hervor: ciutat (civitas) fo (fuit), hon (unde für ubi), cazee (cecidit) u. s. w.

Vgl. Boltz «die Sprache und ihr Leben,» 1868, S. 33.

worden war[1]). Brunetto Latini schrieb 1260 seinen
«Trésor de sapience» in nordfranzösischer Sprache, weil,
wie er in der Vorrede zu seinem Werke sagt, diese
Mundart wegen ihrer allgemeinen Verbreitung und ihrer
gefälligen Formen am meisten dazu geeignet war[2]).
Mit dem Eindringen der französischen Normannen
nach England[3]) von der Mitte des 11. Jahrhunderts an
verbreitete sich deren Sprache zunächst in den höheren
Klassen der Gesellschaft, doch nicht, ohne bedeutenden
Einfluss auf die Volkssprache auszuüben. Schon Eduard
der Bekenner, welcher während der Herrschaft von Knut,
Harold und Hardiknut in der Normandie gelebt hatte,
brachte 1042 bei seiner Rückkehr nach England normannischen Adel, sowie Sitten, Gebräuche und Sprache
der Normannen aus Frankreich mit, so dass eigentlich
schon unter ihm die Kämpfe des deutschen und romanischen Idioms begannen[4]).

Gewöhnlich findet man, dass eine besiegte Nation,
wenn sie nicht wie die britische von den Deutschen

---

[1]) Vgl. Peucker «Ueber Ursprung und Fortbildung der
französischen Sprache» 1853, S. 18.

[2]) Vgl. Peucker ebd.

[3]) The vicinity of so remarkable a people — the Normans
— early began to produce an effect on the public mind of
England. Before the Conquest, English princes received their
education in Normandy. English sees and English estates were
oestowed on Normans. The French of Normandy was familiarly
spoken in the palace of Westminster. The court of Rouen seems
to have been to the court of Edward the Confessor what the
court of Versailles long afterwards was to the court of Charles
the Second». —
Macaulay «Hist. of England,» Ch. I., S. 12 (1849).

[4]) Vgl. Behnsch «Ueber das Verhältniss der deutschen und
romanischen Elemente in der engl. Sprache,» 1844, S. 9.

gänzlich aus dem Lande vertilgt wird, ihre Sprache den Siegern giebt[1]), da diese die minder zahlreichen sind und meistens nur aus Männern zu bestehen pflegen; auch kann man leichter die Hände als die Zunge eines Volkes fesseln. Dagegen erfährt auch die Sprache des besiegten Volkes mannigfache Veränderungen durch die Sieger, da diese natürlich nicht gern von ihnen lernen mögen oder wenigstens nur so viel, als sie gerade brauchen, um sich verständlich zu machen. Die verschiedenen Formen und Endungen, der eigenthümliche Bau einer aus homogenen Theilen bestehenden Sprache müssen dabei mehr oder minder verloren gehen; aber auch die Besiegten selbst werden es nöthig finden, ihre Sprache zu verstümmeln, um sich verständlich zu machen[2]), da die Sieger die Endungen und Formen der Wörter nicht kennen und lernen mögen. Verstanden zu werden, ist der Hauptzweck des Gesprächs und dieser wird am besten erreicht, wenn man zu einem Fremden nur in einfachen Worten

---

[1]) «Eine grosse Menge von Wörtern wird durch die Eroberer in die Sprache gebracht, aber der bei weitem grösste Theil gehört dem besiegten Volke an.» —

Sismondi I. a. a. O., S. 11.

«Ein naheliegendes Beispiel sind die Normannen, welche 911 die nach ihnen benannte Normandie besetzten. Ihre Zahl war so gering, dass ihre Sprache schon in der dritten Generation in der franco-romanischen untergegangen war und sie zur Zeit der Eroberung Englands nur französisch sprachen.»

Behnsch a. a. O., S. 9.

[2]) «L'obligation d'être clair et net dans notre langue remonte jusqu'à cette époque. Quand on lit les auteurs du douzième siècle la difficulté de la lecture vient moins de leur défaut de netteté et de clarté que de la difficulté de reconnaître, sans quelque étude, le mot latin sous la travestissement d'une orthographe à la fois chargée de lettres et incertaine.» —

Nisard «hist. de la littér. française,» 1863, T. I., S. 39.

spricht[1]). Der Infinitiv bei den Verben, der Nominativ bei den Substantiven, die Stammform bei den Adjectiven sind ausreichend. Alle Versetzungen der Wörter müssen vermieden werden. So geben die Sieger die herrschende Sprechweise an und stellen fest, was zuerst nur Noth-behelf war oder, um ein Bild zu gebrauchen, der Stamm der Sprache bleibt derselbe, allein die schönen Zweige und Blätter hat er bei dem Sturme der Umwandlung verloren[2]).

So ging es auch in England[3]).

---

[1]) «Le discours s'y reduit aux deux termes par excellence, le substantif et le verbe; il n'y a pas encore de mots pour les nuances.» — —   Nisard Ebd.

[2]) Behnsch ebd.

[3]) Sehr anschaulich tritt diese Sprach-Metamorphose in folgenden Beispielen zu Tage. Eine Stelle des gleich nach der normannischen Invasion um das Jahr 1200 entstandenen Gedichtes des Brut von Layamon — es behandelt die fabelhafte Geschichte der ersten Königin Englands — lautet:

«Tha the masse wes isungen,
Of chirccken heo thrungen,
The king mid his folke
To his mete verde
And mucle his dugethe:
Drem wes on hirede.
Tha quene, an other halve,
Hire hereberewise isohte:
Heo hafde of wif-monne
Wunder ani moni en.»

Dieses Gedicht zeigt durchweg den unverfälschten deutschen Sprachstamm: masse Messe, isungen gesungen, chirccken Kirchen, thrungen drängen, folke Volk, Gefolge u. s. f.

Dagegen zeigt das Gedicht, welches im Jahre 1307 den Tod Edwards II. besang, schon die unverkennbare Verschmelzung beider Idiome:

Wie wenig im Ganzen der vornehme normännische
Adel an die Erlernung der angelsächsischen Sprache
dachte[1]), dafür sprechen folgende geschichtliche Thatsachen[2]).

Im Jahre 1080 musste der Bischof Vaulcher mit
seinen Northumberländern durch einen Dolmetscher
sprechen und wurde, da er ihnen nach langer Rede ihr
Recht nur um 400 Pfund Silber zugestehen wollte, von
den erbitterten Leuten erschlagen, nachdem sie der
Dolmetscher in der Gegenwart des Bischofs mit den
angelsächsischen Worten: «short red, god red, slea ye
the byschoppe» dazu aufgefordert hatte.

Nachdem in dem Streite zwischen Stephan und Mathilde
1141—1142 ihr Bruder Robert von Glocester bei der
Belagerung von Winchester gefangen genommen worden
war, warfen mehrere Barone und Ritter seiner Partei die
Waffen weg und suchten verkleidet zu entkommen; allein
man erkannte sie an ihrer normannischen Sprache.

«Jerusalem, thou hast ilore
(Edward wollte nämlich am Kreuzzuge theilnehmen)
The flour of all chivalerie,
Non Kyng Edward liveth na more,
Alas! that he yet shulde deye!
He wolde ha rered up ful heyge (high)
Our baners that bueth broht to grounde,
Wel longe me move clefe and crie,
Er we such a kynk hav yfounde!»

[1]) «In the time of Richard the first, the ordinary imprecation
of a Norman gentleman was: «May J become an Englishman.»
His ordinary form of indignant denial was: «Do you take me for
an Englishman?» The descendant of such a gentleman a hundred
years later was proud of the English name!»
Macaulay a. a. O., S. 16.

[2]) Sämmtlich bei Behnsch, S. 9 u. ff.

Im Jahre 1191 versuchte William von Longchamps, Minister Richards I. und Kanzler von England, nachdem er in Ungnade gefallen war, in der Tracht einer Leinwandhändlerin mit den Schlüsseln der königlichen Schlösser auf ein Schiff zu fliehen; weil er aber den zu ihm kommenden angelsächsischen Käufern kein Wort antworten konnte, wurde er entdeckt und verhaftet.

Auch Richard Löwenherz verstand nicht das Geringste von einer in angelsächsischer Sprache an ihn gerichteten Rede, und Heinrich III. fand es für nöthig, den Mönchen von Colchester im Jahre 1233 drei ihnen von Richard zugestandene Rechte: frithsocne[1]), infangenethef[2]) und flemenefrenth[3]) in französischer Sprache zu erklären, ehe er sie bestätigte.

Aber auch das Französische erlitt in England allmälig eine sichtliche Veränderung, welche durch Umstellung und Verwechselung von Buchstaben, vorzüglich aber durch die Gewalt des deutschen Accents bewirkt wurde. Schon im Jahre 1362 war die französische Sprache für die gerichtlichen Verhandlungen unbrauchbar geworden, so dass Edward III. befahl, sich dabei der neu entstandenen Mischsprache zu bedienen[4]).

Ein gewisser John Cornwall soll um jene Zeit den

---

[1]) «Vue de franc plege dans l'einceinte de leurs libertés.» Vgl. Hardy Rotul. Chart., S. XXXVII.

[2]) «Le droit de juger les voleurs pris dans l'einceinte de leurs libertés avec des objects volés.»   Ebd.

[3]) «Les bestiaux des fugitifs.»   Ebd.

[4]) «Durch eine Parlamentsakte vom Jahre 1364 wurde der Gebrauch der französischen Sprache in öffentlichen Verhandlungen, sowohl vor Gericht als auch in den beiden Häusern des Parlaments abgeschafft.»
Heinrichs «Gesch. v. England,» 1808, Bd. I., Abth. I., S. 615.

Anfang gemacht haben, in der Schule auf Englisch zu unterrichten[1]) und zwar mit so vielem Erfolge, dass im Jahre 1385 der Gebrauch des Französischen in der Schule überall aufgegeben gewesen sein soll[2]).

Man begann eben nach und nach einzusehen, dass das anglisirte Französisch kein «Französisch von Paris[3])» mehr sei und dass dem in England geborenen und französisch schreibenden Dichter der schlimme Makel provinzieller und pedantischer Lächerlichkeit anhafte und mit dieser Einsicht musste auch diese Art der Produktion von selbst aufhören[4]).

Zwar noch plump, aber frisch und kräftig, regt sich eine einheimische Lyrik, die Natur und Phantasie zum Gegenstande ihrer Schöpfungen macht. Wie lieblich ist das Gedicht von dem Wettstreit zwischen Drossel und Nachtigall[5]). Frühling — sweet lovers love the spring — und inbrünstige Anbetung der Jungfrau Maria und ihres Sohnes sind die Hauptgegenstände vieler Lieder, deren Innigkeit oft an die der mittelhochdeutschen und mittelniederländischen Poesie anklingt, deren Form aber,

---

[1]) Pauli a. a. O., IV., S. 699.

[2]) «Her (der neuen Sprache) avauntage is, that thei lerneth her grammer in lasse tyme than children were wont to do. Desavauntage is that now children of grammer scole kunneth no more frensch than can her lifte heele.»
Tyrwhitt «Essay on the language and versification of Chaucer.» Vgl. Pick. ed. 1845, S. 168.

[3]) Vgl. «Canterbury Tales» V. 124 ff.:

«— — — — — —
And Frensch sche — the Prioresse — spak ful faire and fetysly,
Aftur the scole of Stratford atte Bowe
For French of Parys was to hire unknowe.» — —

[4]) Hertzberg a. a. O., S. 16.

[5]) Wight and Halliwell «Reliquiae antiquae,» I., S. 241.

ein beständiger Kampf zwischen Alliteration und Reim,
der Abrundung zu einem Kunstwerke fast durchweg im
Wege steht[1]). Die meisten dieser Produkte sind Liebesgedichte, deren Werth doch fast immer nur im Ausdruck
liegt, denn der Geist, den man in das zärtliche Gefühl
einmischen wollte, würde dasselbe zu erkalten, jede geist-
reiche Pointe den Dichter und Liebhaber von seinem
Zwecke zu entfernen scheinen; man verlangt von ihm
nur, dass er mit Wahrheit, mit Innigkeit wiedergebe,
was seit urewigen Zeiten von allen Denen gefühlt worden,
welche geliebt haben. Die Harmonie der Sprache allein
soll die Harmonie des Herzens wiedergeben, und es ist
daher nicht zu verwundern, dass in diesen Gedichten eine
gewisse Monotonie vorwaltet; sie entbehren eben durchaus
der individuellen Eigenthümlichkeiten. Noch war kein
Dichter erschienen, der die Herzen mächtig gerührt hätte,
kein Dichter, der in die Tiefe der Reflexion hinab-
gestiegen wäre — da trat Chaucer auf und zeigte, wie
ein grosses Genie diese rohen Materialien verwenden
könne, um einen staunenswerthen Bau daraus aufzuführen.
Statt verschwommener Liebesgedichte, statt kalter Ma-
drigale, mühselig an einander gefädelter Sonette, ent-
hüllte er die Welt, die ihn umgab, mit klassischer Beredsamkeit den Augen seiner staunenden Zeitgenossen.

Chaucer's Sprache ist die der guten Gesellschaft[2]), in
der er lebte und in die ein ziemliches Quantum nor-
männischen Blutes, normännischer Sitte und Sprachweise
übergegangen war[3]). Seine Sprache ist edel, viel edler

---

[1]) Pauli a. a. O., IV., S. 197 u. ff.
[2]) Vgl. Bell a. a. O., I., S. 47.
[3]) Auch merkwürdige Spuren des angelsächsischen Sprach-
stamms machen sich, vornehmlich in der Flexion des Pronomen

als die Gower's, er verschmäht die Archaismen der
niederen Stände. Sein Geschmack ist der eines weiten
Herzens; so lieb und werth ihm die Bücher auch sind,
so schlägt er sie doch zu, wenn der Mai gekommen, die
Vögel singen und die Blumen blühen; auch die kleinste,
zarteste Schöpfung der Natur, wie das Marienblümchen[1]),
bringt ihm innige Freude.

Von den italienischen Dichtern entlehnt er die als
vollendet erprobten Versmasse[2]) und wendet sie mit
Sicherheit und Erfolg an. Am liebsten bedient er sich
des fünffüssigen Jambus, der sich trotz mancher Will-
kührlichkeiten doch recht gut skandiren lässt.

Sein erstes bedeutendes Gedicht in englischer Sprache
ist der «Hof der Liebe,» welches er der eigenen Angabe
zufolge[3]) im Alter von 18 Jahren geschrieben hat. Das
Gedicht ist in der dem Ottaverime nachgebildeten siebenzeiligen Strophe geschrieben und von vortrefflicher Ver-
sifikation, aber es zeigt doch die unverkennbaren Spuren
eines jugendlichen und unreifen Geistes. Dann folgt
«Troilus und Cresida;» es ist dies kein Epos im strengen
Sinne des Wortes, sondern — s. weiter unten — eine
blos in Verse gebrachte Liebesgeschichte und enthält,
wenn es auch manche weitschweifige Plattheit birgt, viele
schöne Stellen[4]).

---

personale und possessivum bemerkbar. Ebenso finden sich Aehn-
lichkeiten in der Präfix-Bildung des Participium perfecti: ifalle,
yron, gefallen, geronnen.

[1]) «The daisie or els the eye of the day
The emprise and flower of flowres alle.» — —
Vgl. «Legende of Goode Women,» V. 178 u. ff.

[2]) Vgl. Pauli a. a. O., IV., S. 713.

[3]) «When J was yong at XVIII yere of age.
Lusty and light, desirous of plesaunce etc.» — —
«Court of Love,» V. 43 u. ff.

[4]) Ohne Zweifel war es hauptsächlich dieses Gedicht, welches

Dann kommt das «Parlament der Vögel,» hierauf der
«Traum,» danu die Uebersetzung des «Roman de la rose» [1]);

Chaucer den Weg zum Ruhme bahnte. Nach Breyer (vgl. S. 76)
erhielt dasselbe ausser dem Lobe Philipp Sidney's in dessen
«Vertheidigung der Poesie» viele andere Beweise des Beifalls.
Robert Henryson, der Dichter eines spätern Zeitalters, schrieb
eine Fortsetzung des Gedichts oder ein sechstes Buch desselben,
welches gewöhnlich «Cresida's Testament» genannt wird. Auch
wurde dasselbe von Franz Kindston unter der Regierung Karls I.
in das Lateinische übersetzt und mit einem Glossar versehen.
Endlich liegt es höchst wahrscheinlich Shakespeare's gleich-
namigem Stücke zu Grunde. (Bell a. a. O., vol. V., S. 14, ist
dagegen der Ansicht, dass Shakespeare entweder das Original
oder eine Uebersetzung der Chronik Guido di Colonna's — siehe
weiter unten — benutzt habe, «because a comparison of the
details will show that he must have drawn his principal incidents
from some other sources.»)

Vgl. auch Dunger «die Sage vom trojan. Kriege,» Lpz. 1869,
S. 36: «Shakespeare benutzte ausser Chaucer auch Lydgate's
Troy-Boke, eine Bcarbeitung Guido di Colonna's, und die Homer-
Uebersetzung Chapman's, aus welcher er z. B. die Gestalt des
Thersites entlehnte.

[1]) Derselbe wurde von Wilhelm von Lorris aus dem Städtchen
Gatinois gegen die Mitte des 13. Jahrhunderts begonnen und von
Jean de Meun 45 Jahre später vollendet. Er umfasst nicht weniger
als 22734 Verse. Chaucer giebt uns nur einen Auszug davon in
ca. 7600 Versen. Das Gedicht behandelt in allegorischer Weise
denselben Gegenstand, wie Ovid's «Ars amandi.»

Die Uebersetzung giebt einen unleugbaren Beweis von Chaucer's
feinem Verständniss für den Wohllaut der Sprache und die me-
trische Harmonie und in gleicher Weise von seiner gewaltigen
Phantasie; denn wiewohl er an vielen Stellen dem Originale mit
scrupulöser Treue folgt, so erlaubt er sich doch anderwärts
kräftige Zusätze eigener Erfindung. Sehr anschaulich tritt dies
beispielsweise bei der Beschreibung des «Palace of Elde» hervor,
und dürfte eine Vergleichung des Originals mit der Uebersetzung
hier nicht ohne Interesse sein:

hieran reiht sich das «Buch der Herzogin» und die «Legende von den guten Weibern,» das «Haus des

Original	Chaucer
«Travail et Douleur la her-bergent,	With hir Labour and Travaile
	Logged ben with Sorwe and Woo,
Mais il la tient et enfergent,	That never out of hir court goo.
Et tant la latent et tor-mentent,	Peyne and Distresse, Sykenesse and Ire,
Que mort prochaine li pré-sentent.»	And Malencoly, that angry sire,
	Ben of hir paleys senatoures;
— — — — — —	Gronyng and Grucchyng his herbe-jeours,
	The day and night, hir to turment,
	And tellen hir, erliche and late,
	That Deth strondith armed at hir gate.

— — — — — — — —

Der Inhalt dieses wichtigen Werkes ist kurz folgender:

Dem Verfasser träumt, er sei in einen prächtigen Garten ge-rathen, in welchem eine unvergleichliche Rose seine Blicke auf sich zieht. Er will sie brechen, aber allerlei Hindernisse stellen sich ihm entgegen. Er muss sich einer förmlichen Belagerung unterziehen, muss durch Gräben setzen, Mauern übersteigen und Schlösser erobern. Die Bewohner dieses Zaubergartens sind ent-weder wohlthätige Genien, wie «Liebe,» «Mitleid,» «Grossherzig-keit» oder böse Gottheiten: «Gefahr,» «Verleumdung,» »Eifer-sucht.» Endlich nach langem Kampfe gelangt der Verfasser in den Besitz der Rose:

> Ainsi eus la rose merveille,
> A tant fut jour, et je m'eveille.

Man kann den Roman de la rose ganz wohl als eine Satyre auf die damalige Zeit ansehen, wenn man Verse wie die fol-genden gegen die Geistlichkeit darin antrifft:

> Tel a robe religieuse;
> Doncque il est religieux.
> Cet argument est vicieux;
> Et ne vaut une vieille gaine,
> Car l'habit ne fait pas le moine (!)

Ruhms,» die «Klage des schwarzen Ritters,» «die Blume»
und «das Blatt,» «das Testament der Liebe» und endlich
die «Canterbury-Erzählungen.» — — — —

Nach Chaucer's Quellen forschen heisst keineswegs seine
Grösse beeinträchtigen und seine Verdienste schmälern!
Kein Genie ist so gewaltig, dass es nicht, um sich
geltend zu machen, eines fremden äusseren Kernes be-
dürfte[1]), an dem es sich dann gleichsam ankrystallisiren
kann. An allen grossen Schriftstellern, deren Werke auf
uns gekommen sind und deren Bildungsgang wir zu
überblicken vermögen, bestätigt sich diese Erscheinung,
und der Ruhm eines Spinoza wird auch nicht um ein
Titelchen verkürzt, wenn man auch weiss, dass er einen
grossen Theil seiner weltbewegenden Ideen den Werken
des Maimonides entnommen hat[2]). Das ist auch ein
Verdienst, den todten Gedanken eines Andern zu be-
fruchten und zu beleben[3]).

«Troilus und Cresida» ist dasjenige von Chaucer's
Gedichten, welches seine Abhängigkeit von Boccaccio und

Wie bitter heisst es von den Weibern:
> Toutes etez, serez ou futes,
> De fait ou de voulente putes,
> Et qui tres bien vous chercheroit,
> Putes toutes vous trouveroit.

[1]) «Kein Epiker, der nicht den Boden unter den Füssen ver-
lieren will, darf seine Erfindung aus der Luft greifen. Kein
Epiker von Walter Scott bis herab zu Homer hat dies gethan,
ja kaum ein echter Dramatiker. Selbst Shakespeare hat die
Fabel stets «irgendwoher» genommen und meistens lässt sich
die Quelle nachweisen.» — —
Vgl. Hertzberg a. a. O., S. 52.

[2]) Vgl. Joël «Spinoza's theologisch-politischer Traktat, auf
seine Quellen geprüft,» 1870, S. 12 u. ff.

[3]) Moser «Reliquien,» 1766, S. 355.

zwar hier von dessen «Filostrato» am deutlichsten er-
kennen lässt.

Der «Filostrato,» allem Anschein nach zu Florenz
während Boccaccio's Liebschaft mit der Fiammetta entstanden[1]), ist ein in Ottaverime gebildetes Epos von zehn
Gesängen und giebt mit neueren Vorstellungen ausge-
schmückt und zuweilen sehr verunstaltet, eine Episode
aus dem trojanischen Kriege wieder.

Der Ideengang[2]) ist kurz folgender:

Der Held der Erzählung ist Troilus, Sohn des Priamus,
welcher in Liebe zu der schönen Cresida, Tochter des
Priesters Calchas entbrennt und nach langem Werben mit
Hilfe von Cresida's Oheim Pandarus — nach welchem
beim Shakespeare derjenige, der seine gefälligen Dienste
zur Verbindung der beiden Geschlechter hergiebt, «a
Pandar» genannt wird, so dass der Name des guten
Trojaners zum Begriff geworden ist — endlich auch ihre
Gegenliebe gewinnt. Die Liebenden schwelgen in Wonne;
nun aber gebietet das Schicksal Trennung. Calchas,

---

[1]) Vgl. Ruth a. a. O., S. 590.

[2]) «— - — Es ist der Charakter dieser Fabel eine gewisse
zierliche Albernheit und eine leise, aber sehr durchgeführte Zwei-
deutigkeit. Es geschieht eben, nichts und es ist doch eine Geschichte; es werden Anstalten genug gemacht, aber es rückt
nichts von der Stelle; es werden lange Reden gehalten voll Edel-
muth und in zierlicher Sprache, aber es ist eben nichts darin gesagt.
Und dennoch unterhält uns das närrische Wesen, ja eben diese
ironische Unbedeutendheit macht den eigentlichen Reiz davon,
wie die innere Schalkheit bei dem sittsamen Ton der bis zum
Pomphaften edelmüthigen Reden.» —

      Vgl. Friedrich Schlegel «Nachricht von den
        poetischen Werken des Boccaccio» im II. Theile
        der «Charakteristiken und Kritiken,» 1801,
        S. 367 u. ff.

welcher das Schicksal seiner Vaterstadt vorhersieht, verlässt als kluge Ratte das sinkende Schiff und desertirt zu den Griechen, die, als die Trojaner nach mehreren Niederlagen um Waffenstillstand bitten, als conditio sine qua non die Auslieferung der Cresida begehren. Natürlich fällt wie gewöhnlich die Liebe der Politik zum Opfer; Troilus geräth über die Trennung von der Geliebten in die übliche Verzweiflung, und Cresida, welche den Anträgen der Griechen anfangs mit merkwürdiger Standhaftigkeit begegnet, beglückt endlich den Tyrann von Argos, Diomedes, mit ihrer Huld. Ein von der Schwester Cassandra gedeuteter Traum unterrichtet Troilus von der Untreue der Cresida und er verfällt nun in den mit vieler Wärme und Wahrheit geschilderten Zustand des Zweifels, in welchem bald Eifersucht und Hass, bald Liebe und Vertrauen die Oberhand behalten. Unterdessen beginnt der Kampf aufs Neue; Troilus gewinnt die unumstössliche Ueberzeugung von der Wahrheit seines Traumes; er sucht, von Verzweiflung erfasst, den Tod unter den Schwertern der Griechen und — was im Hinblick auf moderne Begebnisse besonders hervorzuheben ist — er findet denselben auch.

Ganz denselben Stoff hat Chaucer unter häufiger Benutzung des italienisches Textes[1] in Form der graciösen

---

[1] «Chaucer has frequently adhered to the text of the Filostrato.»
Vgl. Bell a, a. O., V., S, 11.
Wenn in «Troilus und Cresida» Hector die Cresida mit den Worten zu trösten sucht:
«— — Lete your father tres oun gone
To sory hap — — — — —»
so nimmt sich diese Aeusserung in Hectors Munde ziemlich drollig aus; aber sie ist die buchstäbliche Uebersetzung nachstehender Stelle des «Filostrato:»

siebenzeiligen Stanze behandelt, aber er zeigt sich im
Verlauf der Erzählung seinem Vorbilde, was Gewalt der
Phantasie, Kraft der Diktion und Plastik der Darstellung
betrifft, entschieden überlegen. Zudem stechen die Charaktere des Troilus, der Cresida, des Hector, wie sie uns
im «Filostrato» entgegentreten, in wenig vortheilhafter
Weise von den edlen, idealen Gestaltungen des englischen
Dichters ab, dessen Sittlichkeit die seines grossen floren-
tinischen Zeitgenossen bei Weitem übertrifft.

Die handgreiflich derben Anspielungen, welche sich
der Dichter allerdings sehr häufig erlaubt, geben uns
eben keineswegs auch nur entfernt die Berechtigung,
Chaucer's Moralität irgendwie in Frage zu stellen.
Dieselben sind ganz im Gegentheil — es mag paradox
klingen — viel eher geeignet, für die Sittlichkeit und
natürliche Unverdorbenheit jenes Zeitalters ein ehrendes
Zeugniss abzulegen[1]).

«— — Lascia con la ria ventura
Tuo padre andar — — — —.»
Vgl. auch Hertzberg's Einleitung zu Troilus-Cresida (Ausgabe
der Shakespeare-Gesellschaft, 1871, Band XI, S. 170: Boccaccio's
Gedicht wird von Chaucer in wörtlicher Herübernahme ganzer
Abschnitte in seiner Romanze Troilus-Creseide in mehr episch-
objectivem Sinne verarbeitet und durch dramatische Individuali-
sirung der Charaktere und der Handlung belebt.»
[1]) Die so leicht durch Worte geärgert werden, haben meistens
schon durch Thaten selber geärgert. —
Jean Paul «Grönländische Processe,» 1822, Band II.,
Cap. V., S. 189.
«Plus la langue est décente plus les moeurs sont corrompues »
Voltaire «Lettre à l'Abbé de Chaulieu.»
«Jamais les oreilles ne sont si délicates, que lorsque la dé-
pravation du coeur et la corruption des moeurs sont parvenues
à leur comble.»
Saintfoix (vgl. Young «Love of fame,» S. 23, Anm.)

Chaucer's «Troilus und Cresida» ist umfangreicher als
der «Filostrato,» ein Umstaud, der, wie ich weiterhin
zeigen werde, geltend gemacht wird, um Chaucer's Un-
abhängigkeit von Boccaccio zu vertheidigen. Das Gedicht
besitzt ungefähr dieselbe körperliche Ausdehnung wie
Virgil's «Aeneis» und bietet, bei ungemein einfacher und
natürlicher Entwickelung eine Ueberfülle von reizenden
Beschreibungen und Charakterzügen.

Der Stoff selbst war im Mittelalter ausserordentlich
populär. Man führt ihn auf Benoît de Sainte More[1])
Trouvère Heinrichs II. von England, und den mysteriösen
Dichter Lollius zurück, welcher Letztere in Chaucer's
Zeitalter so oft genannt wird und über dessen Werke
uns jedwede Nachricht fehlt.

Ausser einer Bearbeitung der Aeneis, welche Heinrich
von Veldeke als Quelle benützt hat[2]) und der sogenannten
normannischen Reimchronik[3]) verfasste Benoît ein grosses
Gedicht von etwa 30,000 Versen, die «destruction de

«Quand le ‚bon ton‘ paraît, le bon sens se retire.»

George Sand «Consuelo.»

C'est dans les siècles les plus dépravés qu'on aime les leçons
de la morale la plus parfaite; cela dispense de les pratiquer; et
l'on contente à peu de frais, par une lecture oisive, un reste de
goût pour la vertu.

Rousseau «la nouv. Héloise,» seconde préface; Paris 1863, p. 6.

[1]) Benoît war wahrscheinlich in St. Maure, einer kleinen Stadt
der Tourraine, geboren.

Vgl. Ideler «Gesch. d. altfranz. Nationalliteratur,» 72. 73.

[2]) Vgl. Hermann Dungers treffliche Untersuchung: die Sage
vom trojanischen Kriege in den Bearbeitungen des Mittelalters
und ihren antiken Quellen. Lpz. 1869, S. 31.

[3]) Histoire des ducs de Normandie. Einige bezweifeln die
Identität des Verfassers der Chronik mit unserm Benoît.

Ebd. S. 31.

Troyes» (roman de Troyes) in kurzen Reimpaaren.
Benoît rühmt von sich, dass er diese Geschichte aus der
Vergessenheit[1]) wieder hervorgezogen habe:

Ceste estoire nest pas usee
Nen gaires leus non est trouee
Ja retraite nen fust encore
Mes benoiz de sainte more
La retreite faite edite etc.

Aus Benoît schöpft direct oder indirect das ganze
spätere Mittelalter. Zunächst Guido di Colonna aus
Messina gebürtig[2]), in seiner Historia Trojana. Aus
Guido eignet sich Boccaccio in seinem Filostrato wesent-
lich nur die Liebesgeschichte an, die er subjectiv und
lyrisch als Substrat für seine eigenen Herzensangelegen-
heiten verwerthet und erweitert. Er verändert den Namen
der Heldin Briseida, wie er bei Benoît lautet, in Griseida[3]).

Einige Namen und Persönlichkeiten, wie Cresida,
Pandarus, Diomedes und Troilus sind augenscheinlich
der Iliade entnommen. Wenngleich Chaucer selbst an-
giebt, dass er sein Werk «aus dem Lateinischen eines
gewissen Lollius entlehnt, jedoch frei und ungezwungen
übersetzt habe[4]),» so ist er doch in diesem Punkte
unglaubwürdig und unzuverlässig.

Hertzberg beweist ausführlich[5]), dass viele von
Chaucer's Citaten absichtlich gefälscht sind, nur um sich
der Erwähnung des Boccaccio zu entziehen[6]).

---

[1]) Ueber die Quellen, aus denen seinerseits Benoît geschöpft
vgl. Dunger S. 32 u. ff.

[2]) vgl. Bell a. a. O. V, S. 9.

[3]) vgl. Dunger S. 36 und Hertzberg «Einleitung zu Tr. u. Cr.»
S. 170.

[4]) vgl. B r e y e r a. a. O. S. 71.

[5]) vgl. Anmerk. 67 und 71 der «Canterbury-Geschichten.»

[6]) Seltsamer Weise und aus Motiven, die bisher noch nicht

Mit vielem Scharfsinn hat Godwins [1]) die Behauptung Chaucer's zu stützen gesucht. Er deducirt in folgender Weise:

«Troilus und Cresida» entstand vermuthlich um das Jahr 1350, Boccaccio's «Filostrato» aber mag schon um das Jahr 1342 vollendet gewesen sein. In Hinsicht auf die Zeit der Entstehung ist es also gar nicht so unmotivirt, den «Troilus» für eine Uebersetzung des «Filostrato» zu halten. Allein, wenn man zweierlei bedenkt, einmal, wie langsam und beschränkt der literarische Verkehr zwischen England und Italien und jenen Zeiten gewesen sein muss und dann, dass Chaucer damals noch keine Verbindungen auf dem Continent, Boccaccio selbst aber damals noch nicht den Zenith seines Ruhmes erreicht hatte, so ist die Annahme ziemlich unwahrscheinlich, dass des Letzteren jugendlicher Versuch sobald der Ehre einer Uebersetzung in's Englische gewürdigt sein sollte. Zwar findet sich im «Troilus» die Uebersetzung eines Sonetts des Petrarca, allein Petrarca war, wenngleich nur neun Jahre älter, als Boccaccio, doch weit früher berühmt als dieser. Und zu welchem Zwecke sollte denn Chaucer den Namen Lollius erdichtet haben? Oder sollte dieser Name etwa deshalb erdichtet sein, weil uns ein solcher Dichter des Mittelalters unbekannt geblieben ist? Aber wie viele Schriften können mit dem Namen ihrer Verfasser in der Dunkelheit des Mittelalters verloren gegangen sein! Wenn Boccaccio's «Filostrato» im Sturme der Zeit beinahe vernichtet wurde, wie kann es auffallen,

---

aufgeklärt sind, nennt Chaucer nirgends Boccaccio's Namen, ja er verschweigt in vielen (von Hertzberg näher bezeichneten) Fällen nicht nur seine Quelle, sondern versteckt sie sogar mit Absicht hinter andern Autoritäten.   Ebd. S. 44.

[1]) vgl. Breyer S. 71.

dass das Original des «Filostrato» und der Name des
Verfassers in gänzliche Vergessenheit gerathen sind?
Auch war Boccaccio bekanntlich sehr oft Uebersetzer,
warum könnte er es nicht auch in diesem Falle sein?!
So weit Godwins. Seine Vertheidigung ist in der
That sehr geschickt, aber sie gilt eben einer durchaus
undankbaren Sache. Schon der Umstand, dass in Chaucer's
Gedicht die griechischen Eigennamen in italienischer
Form vorkommen, wie Monesteo statt Menestheus, Elicone
statt Helicon, Pernaso statt Parnassus, beweist zur Ge-
nüge, dass er seinen Stoff aus einem italienischen und
nicht aus einem lateinischen oder französischen Originale
geschöpft hat und da der «Filostrato» nun einmal das
einzige italienische Gedicht ist, welches diesen Gegenstand
behandelt, so lösen sich alle Combinationen Godwins in
Nichts auf.

Dass Chaucer auch Boccaccio's Hauptwerk gekannt
hat, bedarf kaum der ausdrücklichen Erwähnung. Den
Rahmen zu seinen «Canterbury-Tales» hat er unstreitig
von «Decamerone» hergenommen[1]), aber derselbe ist in
seiner lauten Natürlichkeit dem heiteren, doch einförmigen
italienischen Erzählerkreise weit überlegen. Frische
Frühlingsluft durchdringt das Ganze, Vogelsang und das
Grün der englischen Landschaft klingen und schimmern
zwischen den einzelnen Pausen hindurch. Pilger aus
allen Ständen, Männer und Weiber, vom Rittersmann
bis zu dem gemeinsten Gesellen herab, versammeln sich
in der Herberge zum «Heroldsrock» in «Southwark.»
Auch der Dichter will mit auf die Fahrt gehen und
sieht, wie sie einzeln in's Gastzimmer treten. Er fasst
einen Jeden scharf in's Auge und schildert ihn in dem köst-

[1]) vgl. Pauli a. a. O. IV, S. 713 u. ff.

lichen Prologe, wie er leibt und lebt; den edlen Ritter, der für das Kreuz in Preussen und Granada gefochten und den lebenslustigen, tändelnden Junker, seinen Sohn, die zimperliche Nonne, den feisten, genusssüchtigen Mönch, den gemeinen betrügerischen Bettelbruder, den lernbegierigen und sinnigen, aber armen und abgerissenen Oxforder Studenten, die üppige, lüsterne Frau aus Bath, die fünfmal verheirathet gewesen; rohe Burschen, wie den Müller und den Koch, die sich in Trunk und Zoten ergehen, den schlichten, treuen, sich ganz seiner Gemeinde hingebenden Landpfarrer. Sie alle wollen das Grab und die wunderthätigen Reliquien des heiligen Märtyrers Thomas besuchen. Auf den Vorschlag des Wirths, der sich als Theilnehmer und Schiedsrichter aufdrängt, soll Jeder während der Hin- und Rückreise eine Geschichte erzählen. Das Werk, das wahrscheinlich nach 1386 geschrieben worden und vermuthlich Chaucer's letzte poetische Arbeit gewesen ist, ist kaum zur Hälfte vollendet, denn wo er abbricht, ist die Gesellschaft noch nicht in Canterbury angelangt. Aber wie reich und mannigfach ist schon das grosse Bruchstück: der Pathos in des Ritters Erzählung vom Palamon, die durch derben, gesunden Witz und durch unvergleichliche Anspielungen auf das Universitätsleben in Oxford und Cambridge miteinander wetteifernden Geschichten des Müllers und des Greven, die satyrischen Ausfälle des Bettelmönches und des Ablasskrämers, die vom Oxforder Studenten zart erzählte Geschichte der Griseldis, die stets den inviduellen Geschmack bekundenden Erzählungen, in denen sich die verschiedenen geistlichen Pilger ergehen, des Dichters eigene Leistungen in Poesie und Prosa und endlich des bescheidenen und frommen Pfarrers lange, ernste Predigt. Indem ein Jeder in seiner Zunge redet, hilft er das schönste Bild malen und die sicherste Urkunde ausstellen, welche uns über den Zustand der damaligen Gesellschaft und über Tendenz und Geist jener Zeit erhalten ist.

Den Umriss zu der Erzählung des Ritters hat Chaucer der «Teseide» des Boccaccio entlehnt. Es ist dies ein in Ottaverime gebildetes, episch - romantisches Gedicht, welches die Geschichte zweier Thebaner des Palomon und des Arcitas zur Zeit des Theseus und ihre Liebeshändel mit dessen Schwester Emilia erzählt. Es muss dieses Werk seiner Zeit sehr hoch geschätzt worden sein, da von ihm in gleicher Weise wie vom «Pastor fido» des Guarini und der Geschichte von Florio und der Biancafiore eine griechische Uebersetzung existirt.

Schlegel [1]) rühmt es Chaucer nach, dass der Charakter der Fabel bei ihm bedeutend besser behandelt und durchgeführt sei als bei Boccaccio. Er scheine es besonders auf eine redliche, stillschweigende, aber deutliche Ironie abgesehen zu haben über die Naivität, mit der die Heldin am Schluss, da der eine Ritter stirbt, nachdem sie denselben gebührend beweint hat, kaltblütig den andern nimmt [2]).

Der Ursprung der Fabel ist in Dunkel gehüllt. Tyrwhitt hält es zwar für sehr wahrscheinlich, dass dieselbe Boccaccio's eigenste Erfindung sei [3]), doch geht aus meh-

---

[1]) a. a. O. S. 371.

[2]) Ueberhaupt ist Simplicität, wie mich dünkt, und zwar eine fast collossale Simplicität der Charakter dieser Fabel; es sind manche simple Geschichten aus jener alten, guten Zeit auf uns gekommen, aber simpler als diese wird man nicht leicht eine finden — — —. Schlegel ebd. S. 371.

[3]) vgl. Bell a. a. O. V, S. 111: «The assertion of the novelist (Boccaccio) that he translated it into «vulgar Latin,» meaning Italien, from «una antichissima storia» he (Tyrwhitt) conceives to be a mere literary fiction after the manner of the French writers of romances, who almost always profess to have translated from «some old «Latin» chronicle preserved at St. Denys.»

reren Stellen des Textes hervor, dass Boccaccio die
«Thebais» des Statius gekannt und vermuthlich aus dieser
geschöpft hat. — — —

Ich erwähne dann nur noch kurz, dass auch die Erzählung des Zimmermanns, des Studenten, des Gutsherrn,
des Schiffers und des Mönchs von Boccaccio herrühren
und behalte mir eine ausführlichere Quellen-Untersuchung
für eine zweite grössere Arbeit vor, in welcher ich über
den Ursprung einiger englischer Volkssagen zu referiren
und bei dieser Gelegenheit Chaucer's Bedeutung von
einem bisher gänzlich unberücksichtigt gebliebenen Stand-
punkt aus zu beleuchten gedenke. — — —

Chaucer's Grösse in Worte zu fassen — wer wollte
sich dessen für fähig halten!

Was der Sänger des Wartburgkrieges[1]) von sich selbst
sagt:
«Diu harfe hat vil suozen sanc, swer kreuwet ir nach prise:
Bistu der witze niht ein kint,
Ich han noch seiten vil, die ungernoret sind,
Die suche wol mit vrage bistu wise — —»
gilt in noch weit höherem Maasse von unserm Dichter.

Jenes armen Aegypters denk' ich, der die Trümmer
eines gestrandeten Kahnes zusammensuchte, um der Leiche
des grossen Pompejus einen Holzstoss zu errichten —
und das ist ein Trost: auch die Schwäche darf dem Genius ihre Huldigungen darbringen! —

Jahrhunderte mögen hinabrollen in den Strom der
Ewigkeit, Geschlechter kommen und verwelken, so lange
auf Erden Namen, wie Shakespeare und Byron, gelten
werden, so lange auf dem grünen, wellenumbrandeten
Eilande dankbare Epigonen zu dem stillen Poetenwinkel

---

[1]) vgl. Lucas «Ueber den Krieg von Wartburg.» 1838. S. 42.

der Westminster-Abtei wallfahrten werden, so lange wird man auch des Pfadpfinders, wird man Geoffrey Chaucer's nicht vergessen! — — — Doch auch noch nach einer andern Richtung hin hat Chaucer, selbst wenn in ihm nicht der gottbegnadete, bahnbrechende Sänger entstanden wäre, vollen Anspruch auf unsere Dankbarkeit, auf unsere Verehrung. Er zählt mit zu denen, welche dem englischen Volke seine Freiheit, dieses geweihte Palladium des Menschengeschlechts, haben erringen helfen, jene Freiheit, von der sich einst unser Christian Friedrich Daniel Schubart, betäubt von deutscher Kerkerluft, nur einen Hut voll gewünscht hat für sein armes, geknechtetes, blutendes Vaterland.

Drei Jahrhunderte, nachdem der deutsche Kaiser vor dem Hohenpriester der Christenheit zähneknirschend im Staube gelegen hatte, zur selben Zeit, als sie in Rom neue Ketten für das Reich deutscher Nation schmiedeten, hat Chaucer in edlem zornesmuthigen Freimuth gegen die Ausschreitungen und Gewaltakte der Kirche, gegen den Uebermuth entarteter und fanatischer Priester geeifert[1]) und so jene religiöse Reformation heraufbeschwören helfen, welche als heissersehnte, glücksverheissende Morgenröthe einer neuen, einer besseren Zeit voraufgezogen ist!

---

[1]) Aliaque plura fecit, in quibus Monachorum ocia, missantium tam magnam multitudinem, horas non intellectas, reliquas, peregrinationes, ac caeremonias parum probavit.

Baleus a. a. O. I, c. p. 526.